Mestre da profundidade, Simenon é dono de um estilo simples. É um escritor totalmente à vontade com a realidade e a ficção, com a paixão e a razão. Acima de tudo, ele inspira essa confiança que os leitores dedicam aos romancistas que veneram.

John Le Carré

Eu não acreditava que alguém pudesse ser, ao mesmo tempo, tão popular e tão bom.

Henry Miller

Simenon é um grande romancista, o maior e o mais verdadeiro da literatura francesa contemporânea.

André Gide

Maigret de Simenon: atual e clássico, sempre. Os fãs de romances policiais vão comemorar.

Scott Turow

Outros títulos da coleção Simenon Pocket:*

A fúria de Maigret
A noite na encruzilhada
A primeira investigação de Maigret
As testemunhas rebeldes
A velha senhora
As férias de Maigret
Maigret e o homem do banco
Maigret e os homens de bem
Maigret e seu morto
Maigret em Nova York
Morte na alta sociedade
O assassino sem rosto
O cão amarelo
O caso Saint-Fiacre
O enforcado
O medo de Maigret
O mistério das jóias roubadas
O porto das brumas
Uma sombra na janela

*Esta coleção é uma co-edição da Editora Nova Fronteira com a L&PM Editores.

Maigret

Simenon

MEMÓRIAS DE MAIGRET

Tradução de Paulo Neves

NOVA FRONTEIRA L&PM POCKET

Título original: *Les Mémoires de Maigret*

Capa: Carlos Augusto Lacerda e Ivan Pinheiro Machado sobre foto de Erich Hartmann (Magnum Photos Inc.)
© da foto: Erich Hartmann. O escritor belga Georges Simenon em sua casa, em Connecticut, EUA, 1954.
Foto do autor: Coleção Georges Simenon Family Rights Ltd, todos os direitos reservados.

Editora Nova Fronteira S.A.
Rua Bambina, 25 – Botafogo – 22.251-050
Rio de Janeiro – RJ – Brasil
Tel.: (21) 2131-1111 – Fax: (21) 2286-6755
http://www.novafronteira.com.br
e-mail: sac@novafronteira.com.br

Equipe de produção: Leila Name, Izabel Aleixo, Rodrigo Peixoto, Daniele Cajueiro, Anna Carla Ferreira, Lian Wu, Ligia Barreto Gonçalves, Eduardo Carneiro.

L&PM Editores
Rua Comendador Coruja, 314, loja 9 – 90.220-180
Porto Alegre – RS – Brasil
Tel.: (51) 3225-5777 – Fax: (51) 3221-5380
http://www.lpm.com.br
e-mail: info@lpm.com.br

Equipe de produção: Ivan Pinheiro Machado, Caroline Chang, Lúcia Bohrer, Vera Regina Shida, Mariana Donner da Costa.

Revisão: Jó Saldanha

CIP-Brasil. Catalogação-na-fonte
Sindicato Nacional dos Editores de Livros, RJ.

S599m Simenon, Georges, 1903-1989
Memórias de Maigret / Georges Simenon; tradução de Paulo Neves. – Rio de Janeiro: Nova Fronteira; Porto Alegre, RS: L&PM, 2006

164 p. (Simenon Pocket)

Tradução : *Les Mémoires de Maigret*
ISBN 85-209-1914-6 (Nova Fronteira) - 85-254-1577-4 (L&PM)

1. Romance policial francês. I. Neves, Paulo. II. Título. III. Série.

CDD 843
CDU 821.133.1-3

Impresso no Brasil – Inverno de 2006

SUMÁRIO

SOBRE O AUTOR

GEORGES JOSEPH CHRISTIAN SIMENON nasceu em Liège, na Bélgica, no dia 12 de fevereiro de 1903, filho do contador Desiré Simenon e Henriette. Abandonou os estudos antes de completar o secundário, revoltando-se contra o meio medíocre em que vivia. Aos 15 anos, tornou-se repórter no jornal *Gazette de Liège.* Seus textos eram apreciados pela fluidez e pelo tom cáustico. Escrevia também colunas humorísticas e colaborava com outros periódicos, demonstrando proficuidade precoce.

Em 1920, escreveu o seu primeiro romance, *Au pont des arches,* publicado sob o nome de Georges Sim. Mudou-se para Paris, onde sobrevivia como secretário particular e escrevendo romances populares – histórias melosas ou de aventuras – em ritmo industrial e sob diversos pseudônimos. Em 1931, foi lançada a coleção Maigret, com os títulos *Monsieur Gallet, décédé* e *Le pendu de Saint-Pholien.* Foi imediato o sucesso das histórias em que o comissário da Polícia Judiciária francesa desvenda vários tipos de crimes, combinando o desenvolvimento da trama com um profundo mergulho na alma humana e um olhar cético sobre a sociedade. Parisiense, fumante de cachimbo, sempre com o sobretudo de gola de veludo acompanhado do chapéu, Maigret rivaliza em prestígio com os mais famosos detetives da literatura, como Sherlock Holmes e Hercule Poirot, e é, sem dúvida, o mais humano deles.

Simenon faleceu em 4 de setembro de 1989, aos 86 anos, em Lausanne, na Suíça. Escreveu, ao todo, 75 romances e 28 contos com seu mais célebre personagem, além de 120 romances psicológicos, 200 romances populares, alguns livros de memórias e inúmeros artigos de jornal. Grande parte da sua obra ficcional foi adaptada para teatro, televisão e cinema. Seus livros são publicados em mais de 50 línguas.

APRESENTAÇÃO

CAPTURAR O LEITOR DA PRIMEIRA À ÚLTIMA PÁGINA: eis o grande talento do belga Georges Simenon, que revolucionou a literatura policial sem se afastar da tradição clássica universal. Simenon surge entre os cultores do gênero como um dos escritores de maior qualidade literária. Mais do que um crime a ser desvendado, é a correta colocação de cada personagem em seu ambiente e a valorização dos dramas humanos que fazem dele um autor tão consagrado (mais de 1,4 bilhão de livros vendidos em todo o mundo).

No final da década de 1970, a Nova Fronteira trouxe para seu catálogo o nome de Georges Simenon e alguns de seus maiores clássicos como *O homem que via o trem passar* e *A casa das sete meninas*, numa atitude inédita – em nenhum outro país Simenon e Agatha Christie são publicados pela mesma editora. A coleção, com 48 títulos, marcou a década de 1980 com grandes sucessos e aumentou o prestígio e os fãs de Simenon no Brasil. Agora, mais de vinte anos depois, a Nova Fronteira e a L&PM Editores lançam em parceria a coleção Simenon Pocket, com reedições e títulos inéditos que se juntarão à já consagrada Coleção L&PM Pocket, num trabalho conjunto das duas editoras: da tradução à comercialização dos livros.

O comissário de polícia Jules Maigret, protagonista de 75 dos 400 romances do escritor, não é apenas um detetive envolvido com crimes impossíveis. Perplexo, hesitante, não raro desajeitado, apaixonado, comove-se com as grandezas e misérias do ser humano. Maigret, a mais célebre criação de Simenon, está de volta às livrarias para reencontrar antigos leitores e conquistar uma nova geração deles. Acompanhando-o, os leitores podem penetrar no cerne da questão que atormenta o insólito comissário: por que o homem mata?

Diferentemente dos outros livros protagonizados pelo mais famoso comissário da polícia francesa, *Memórias de Maigret* não trata de uma investigação criminal. Neste livro, publicado em 1951, Simenon lança mão de um engenhoso dispositivo para dar voz à sua criatura: substitui o habitual narrador imparcial de seus romances pelo próprio comissário Maigret, que põe-se a redigir suas memórias. Ele conta aos leitores como conheceu o jornalista Georges Sim (pseudônimo de Simenon), que o celebrizou graças a uma série de romances policiais, e rememora alguns momentos decisivos da sua vida: a infância no interior da França, a morte prematura da sua mãe, como abandonou a faculdade de medicina e iniciou sua carreira na polícia, e a ocasião em que conheceu Louise, a futura sra. Maigret. Finalmente, um delicioso *tête-à-tête*, que mistura realidade e ficção, entre o comissário Maigret e os seus leitores.

CAPÍTULO I

No qual não me desagrada a ocasião que se apresenta de explicar-me, enfim, sobre meu convívio com o chamado Simenon.

Foi em 1927 ou 1928. Não tenho boa memória para datas e não sou daqueles que guardam cuidadosamente lembranças escritas de suas façanhas, o que é freqüente em nossa profissão e para alguns se revelou muito útil, às vezes até rentável. E foi só muito recentemente que me lembrei dos cadernos onde minha mulher, por muito tempo sem eu saber, e mesmo às escondidas, colou artigos de jornais que falavam de mim.

Foi um caso que nos deu bastante trabalho naquele ano – eu poderia certamente reencontrar a data exata, mas não tenho coragem de ir folhear os cadernos.

Pouco importa. Minhas lembranças, por outro lado, são precisas quanto ao tempo que fazia. Era um dia qualquer do começo do inverno, um daqueles dias sem cor, cinzento e branco, que eu chamaria um dia administrativo, porque dá a impressão de que nada de interessante pode acontecer numa atmosfera tão pálida, e que dá vontade, no escritório, para fazer passar o tempo, de organizar pastas, de concluir relatórios que há muito se arrastam, de realizar com ímpeto, mas sem entusiasmo, a tarefa corrente.

Se insisto neste tom cinzento despido de relevo, não é por gosto do pitoresco, mas para mostrar o quanto o acontecimento em si foi banal, afogado nas miudezas de uma jornada banal.

Eram cerca das dez horas da manhã. O relatório terminara havia meia hora, pois fora curto.

O público menos avisado sabe agora mais ou menos em que consiste o relatório na Polícia Judiciária, mas naquela época os parisienses, em sua maior parte, teriam tido dificuldade de dizer qual administração estava alojada no Quai des Orfèvres.

Às nove horas, portanto, uma campainha chama os diferentes chefes de serviço ao grande escritório do diretor, cujas janelas dão para o Sena. A reunião é bastante informal. Os participantes vão para lá fumando cachimbo ou cigarro, muitas vezes com uma pasta debaixo do braço. A jornada ainda não engrenou e conserva, para alguns, um vago sabor de café com leite e *croissants*. Há apertos de mão, bate-papo, enquanto se espera que todos estejam presentes.

Depois, cada um, sucessivamente, põe o diretor a par dos acontecimentos que se produziram em seu setor. Alguns permanecem de pé, às vezes junto à janela, olhando os ônibus e os táxis passarem sobre a ponte Saint-Michel.

Contrariamente ao que o público imagina, não é só de criminosos que se fala.

– Como está sua filha, Priollet? É sarampo, mesmo?

Lembro-me de ter ouvido alguém passar receitas culinárias detalhadas.

Evidentemente fala-se também de coisas mais sérias, como por exemplo do filho de um deputado ou de um ministro que fez besteiras, que continua a fazê-las como que por prazer, sendo urgente chamá-lo à razão sem escândalo. Ou então de um rico estrangeiro recentemente hospedado num palacete dos Champs-Élysées e com quem o governo começa a se inquietar. De uma garotinha recolhida alguns dias antes na rua e que nenhum parente reclama, embora todos os jornais tenham publicado sua fotografia.

Trata-se de uma reunião de homens da profissão, e os acontecimentos são considerados do ponto de vista estrito da profissão, sem palavras inúteis, de modo que tudo se torna muito simples. É, por assim dizer, o cotidiano.

– Então, Maigret, ainda não prendeu seu polonês da rua de Birague?

Apresso-me a declarar que nada tenho contra os poloneses. Se falo deles com bastante freqüência, não é tampouco por tratar-se de um povo particularmente feroz ou pervertido. O fato é simplesmente que, naquela época, a França, carecendo de mão-de-obra, importava poloneses aos milhares para trabalharem nas minas do Norte. No país de origem, eram reunidos ao acaso, por aldeias inteiras, homens, mulheres e crianças, e amontoados em trens, um pouco como se recrutava, noutras épocas, a mão-de-obra negra.

Em sua maioria eles se mostraram trabalhadores de primeira ordem, muitos se tornaram cidadãos exemplares. Mas veio junto a escória, como era de esperar, e essa escória, durante um certo tempo, nos deu bastante trabalho.

Ao falar assim, de uma maneira um tanto confusa, de minhas preocupações do momento, tento situar o leitor no ambiente.

– Eu gostaria, chefe, de seguir a pista deles por mais dois ou três dias. Até agora não chegamos a parte alguma, mas ele acabará por se encontrar com seus cúmplices.

– O ministro está impaciente, por causa dos jornais...

Sempre os jornais! E, acima de tudo, o medo dos jornais, da opinião pública. Tão logo um crime é cometido, somos pressionados a encontrar de imediato um culpado, custe o que custar.

É quase como se nos dissessem, depois de alguns dias:

– Ponham alguém na prisão, não importa quem for, para acalmar a opinião pública nesse meio tempo.

Provavelmente voltarei a falar disso. Aliás, não era do polonês que se tratava naquela manhã, mas de um roubo que acabava de ser cometido segundo uma técnica nova, o que é raro.

Três dias antes, no bulevar Saint-Denis, em pleno meio-dia, quando a maior parte das lojas fecha suas portas para o almoço, um caminhão estacionara diante de uma pequena joalheria. Homens haviam desembarcado um enorme caixote, que puseram bem junto à porta, e partido em seguida com o caminhão.

Centenas de pessoas passaram diante desse caixote sem se surpreenderem. Mas o joalheiro, ao voltar do restaurante onde fora almoçar, achou aquilo estranho.

E, quando afastaram o caixote, não muito pesado, percebeu-se que fora feita uma abertura no lado que dava para a porta, uma outra abertura nessa porta, e que, obviamente, as prateleiras da joalheria haviam sido saqueadas, assim como o cofre-forte.

É o tipo de investigação sem prestígio que pode demandar meses e que mais exige homens. Os assaltantes não haviam deixado marcas digitais nem objetos comprometedores.

A novidade do método não nos permitia investigar nessa ou naquela categoria de delinqüentes.

Tínhamos apenas o caixote, banal, ainda que de grande formato, e nos últimos três dias uns doze inspetores visitavam todos os fabricantes de caixotes e, em geral, todas as empresas que utilizavam caixotes grandes.

Eu acabava de voltar à minha sala, onde começara a redigir um relatório, quando soou a campainha do telefone interno.

– É você, Maigret? Pode vir até aqui um instante?

Nada de surpreendente, tampouco. Todo dia, ou quase, o chefe chamava-me uma ou várias vezes a seu escritório, independentemente do relatório. Eu o conhecia desde a infância, com freqüência ele passara férias perto de nossa casa, no Allier*, e fora amigo de meu pai.

---

* Departamento da região central da França. (N.T.)

E esse chefe, a meus olhos, era realmente o chefe em toda a acepção da palavra: aquele sob o qual iniciei minha carreira na Polícia Judiciária; aquele que, sem me proteger, propriamente falando, acompanhara-me discretamente e do alto; aquele que vi, vestido de preto, chapéu-coco na cabeça, dirigir-se sozinho, debaixo de balas, para a porta do pavilhão no qual Bonnot e seu bando enfrentavam havia dois dias a polícia e os gendarmes.

Estou falando de Xavier Guichard, de olhos maliciosos e longos cabelos brancos de poeta.

– Entre, Maigret.

A luz era tão fosca, naquela manhã, que a lâmpada do abajur verde estava acesa em sua mesa. Ao lado desta, numa poltrona, vi um jovem que se levantou para me estender a mão quando fomos apresentados um ao outro.

– Comissário Maigret. Sr. Georges Sim*, jornalista...

– Jornalista, não. Romancista – protestou o jovem, sorrindo.

Xavier Guichard também sorriu. E ele possuía uma gama de sorrisos, capazes de exprimir todos os matizes de seu pensamento. Tinha também à sua disposição uma qualidade de ironia somente perceptível pelos que o conheciam bem e que, com os outros, o fazia às vezes passar por ingênuo.

Ele me falava com a maior seriedade, como se fosse um caso importante, de uma personalidade famosa.

---

* Assinatura habitual do autor quando era jornalista na *Gazette de Liège*. (N.T.)

– O sr. Sim precisa, para seus romances, conhecer o funcionamento da Polícia Judiciária. Como ele acaba de me expor, uma boa parte dos dramas humanos tem seu desfecho nesta casa. Também me explicou que não lhe interessam tanto os detalhes dos mecanismos da polícia, pois já teve a ocasião de se informar a respeito, e sim o ambiente no qual as operações se desenrolam.

Eu olhava apenas de relance o jovem, que devia ter uns 24 anos, era magro, cabelos quase tão compridos quanto os do chefe, e de quem o mínimo que posso dizer é que não parecia duvidar de nada – e certamente não dele mesmo.

– Gostaria de fazer as honras da casa, Maigret?

E, no momento em que eu ia me dirigir à porta, ouvi o Sim em questão pronunciar:

– Peço que me desculpe, sr. Guichard, mas esqueceu de dizer ao comissário...

– Ah! sim. Tem razão. O sr. Sim, como ele sublinhou, não é jornalista. Não corremos o risco de ele contar nos jornais coisas que não devem ser publicadas. Prometeu-me, sem que eu pedisse, utilizar o que vier a ver ou ouvir aqui apenas em seus romances, e sob uma forma suficientemente diferente para que não nos crie nenhuma dificuldade.

Ouço ainda o chefe acrescentar gravemente, inclinando-se para mim:

– Pode ter confiança, Maigret. Ele me deu sua palavra.

O que não impede que Xavier Guichard tenha se deixado ludibriar; eu já pressentia e tive a prova logo a seguir. Não apenas pela juventude audaciosa de seu visitante, mas por uma razão que só fui conhecer mais tarde. O chefe, fora de serviço, tinha uma paixão: a arqueologia. Fazia parte de várias sociedades científicas e escrevera um grosso volume (que nunca li) sobre as remotas origens da região de Paris.

Ora, o nosso Sim sabia disso, pergunto-me se por acaso, e tivera o cuidado de lhe falar a respeito.

É por isso que fiquei pessoalmente contrariado? Quase todo dia, no Quai des Orfèvres, alguém tem de cumprir o "fardo da visita". Na maioria das vezes trata-se de estrangeiros importantes, mais ou menos ligados à polícia de seu país, às vezes simplesmente de eleitores influentes vindos do interior e que exibem com orgulho um cartão de seu deputado.

Isso virou rotina. É exatamente como no lado dos monumentos históricos, uma pequena alocução que cada um aprendeu mais ou menos de cor.

Mas, geralmente, um inspetor basta, e é preciso que uma personalidade comece por ser de primeira grandeza para que chamem um chefe de serviço.

– Se quiser – propus –, subiremos primeiro ao serviço de identificação.

– Se não lhe incomodar muito, preferiria começar pelo saguão.

Foi minha primeira surpresa. Ele dizia isso gentilmente, aliás, com um olhar que desarmava, explicando:

– Compreenda, gostaria de seguir o caminho que seus clientes seguem de hábito.

– Neste caso, deveríamos começar pelo calabouço, pois a maioria passa a noite ali antes de ser levada até nós.

E ele, tranqüilamente:

– Visitei o calabouço na noite passada.

Não tomou notas. Não tinha nem caneta nem caderno. Ficou vários minutos na sala de espera envidraçada onde, em nossos quadros-negros, são expostas as fotografias dos membros da polícia mortos em serviço.

– Quantos morrem por ano, em média?

Depois pediu para ver meu escritório. O acaso quis que, nessa época, operários estivessem ocupados em reformar a sala. Eu ocupava provisoriamente, no sótão, um antigo escritório do mais velho estilo administrativo, todo empoeirado, com móveis em madeira escura e um aquecedor a carvão do tipo que se vê ainda em algumas estações ferroviárias do interior.

Era o escritório onde eu estreara, onde trabalhara uns quinze anos como inspetor, e confesso que tinha uma certa ternura por esse grande aquecedor que eu gostava, no inverno, de ver ficar rubro, e que me habituei a encher até a boca.

Não era tanto uma mania e sim um expediente, quase uma artimanha. No meio de um interrogatório difícil, eu me levantava e começava a atiçar o fogo longamente, despejando a seguir ruidosas pazadas de carvão, com ar bonachão, enquanto meu cliente me acompanhava com os olhos, desorientado.

E é exato que, quando dispus finalmente de uma sala moderna, munida de aquecimento central, senti falta de meu velho aquecedor, mas sem conseguir, sem sequer pedir – o que me teria sido recusado – trazê-lo para minhas novas instalações.

Peço desculpas por me demorar nesses detalhes, mas sei mais ou menos aonde quero chegar.

O visitante olhava meus cachimbos, meus cinzeiros, o relógio de mármore preto sobre a lareira, a pequena vasilha esmaltada, atrás da porta, a toalha que cheirava sempre a cachorro molhado.

Não me fez nenhuma pergunta técnica. As pastas e os arquivos não pareciam interessá-lo em nada.

– Por essa escada, chegaremos ao laboratório.

Lá, também, contemplou o teto em parte envidraçado, as paredes, o soalho, o manequim utilizado para certas reconstituições, mas não se ocupou nem do laboratório propriamente dito, com seus aparelhos complicados, nem do trabalho que ali era feito.

Por hábito, eu quis explicar:

– Aumentando algumas centenas de vezes qualquer texto escrito e comparando...

– Eu sei, eu sei.

Foi então que me perguntou negligentemente:

– Já leu Hans Gross?

Eu nunca ouvira falar nesse nome. Soube, depois, tratar-se de um juiz de instrução austríaco que, por volta de 1880, ocupou a primeira cátedra de instrução criminal científica na Universidade de Viena.

Quanto a meu visitante, ele tinha lido seus dois grossos volumes. Tinha lido tudo, quantidades de livros cuja existência eu ignorava e cujos títulos me citava num tom indiferente.

– Acompanhe-me por este corredor, vou lhe mostrar os livros de registros onde estão classificadas as fichas de...

– Eu sei, eu sei.

Ele começava a me impacientar. Era como se só tivesse me solicitado para examinar paredes, tetos, soalhos, para examinar tudo como quem efetua um inventário.

– A esta hora, vamos encontrar muita gente na antropometria. Devem ter terminado com as mulheres. É a vez dos homens...

Havia uns vinte, todos nus, recolhidos durante a noite, que esperavam sua vez de passar pela mensuração e a fotografia.

– Bem – disse-me o jovem –, só me resta ver a enfermaria especial da prisão.

Franzi as sobrancelhas.

– Os visitantes não são admitidos lá.

É um dos lugares menos conhecidos, onde os criminosos e os suspeitos se submetem, diante dos médicos-legistas, a certos testes mentais.

– Paul Bourget* tinha o hábito de assistir às sessões – respondeu-me tranqüilamente o visitante. – Pedirei a autorização.

Em suma, guardei dele apenas uma lembrança banal, banal como o tempo daquele dia. Se não tratei de abreviar a visita, foi primeiro por causa da recomendação do chefe, depois porque eu não tinha nada

---

* Crítico e romancista francês, autor de *Essais de psychologie contemporaine* (1899). (N.T.)

de importante a fazer e aquilo consumia, de todo modo, um certo número de minutos.

Ele tornou a passar em meu escritório, sentou-se, estendeu-me sua bolsa de tabaco.

– Vejo que também é um fumante de cachimbo. Gosto dos fumadores de cachimbo.

Havia, como sempre, uma meia dúzia expostos, e ele os examinou como conhecedor.

– De que caso está tratando no momento?

No meu tom mais profissional, falei do caixote depositado à porta da joalheria e observei ser a primeira vez que essa técnica era empregada.

– Não – ele me disse. – Foi empregada oito anos atrás em Nova York, diante de uma loja da Oitava Avenida.

Ele devia estar contente consigo mesmo, mas devo dizer que não dava a impressão de se gabar. Fumava seu cachimbo gravemente, como para aparentar dez anos a mais que sua idade, como para colocar-se em pé de igualdade com o homem já maduro que eu era então.

– Veja, sr. comissário, os profissionais não me interessam. Sua psicologia não coloca nenhum problema. São homens que fazem seu ofício, nada mais.

– O que lhe interessa?

– Os outros. Os que são como o senhor e eu e que acabam, um belo dia, por matar sem estarem preparados para isso.

– Há muito poucos assim.

– Eu sei.

– Com exceção dos crimes passionais...

– Os crimes passionais também não são interessantes.

É mais ou menos o que emerge, em minha memória, daquele encontro. Acabei por lhe falar incidentalmente de um caso que requisitara minha atenção alguns meses antes, justamente por não se tratar de profissionais, e que envolvia uma moça e um colar de pérolas.

– Agradeço-lhe, sr. comissário. Espero ter o prazer de encontrá-lo de novo.

Eu dizia comigo: "Espero realmente que não."

*

Semanas, meses se passaram. Uma única vez, em pleno inverno, tive a impressão de reconhecer o tal Sim no grande corredor da Polícia Judiciária, onde ele esperava andando pra lá e pra cá.

Uma manhã encontrei em minha mesa, ao lado de minha correspondência, um pequeno livro de capa horrivelmente ilustrada, como se vêem nas bancas de revista e nas mãos de mocinhas de subúrbio. Intitulava-se: *La Jeune Fille aux Perles* [A moça das pérolas], e o nome do autor era Georges Sim*.

Não tive a curiosidade de ler. Pouco li, e nunca romances populares. Não sei sequer onde pus a brochura impressa em papel de má qualidade, provavelmente no cesto de lixo, e fiquei alguns dias sem pensar nisso.

Depois, numa outra manhã, encontrei um livro idêntico no mesmo lugar em minha mesa, e, daí por

---

* Romance publicado em 1932, com o título *La Figurante* e o pseudônimo de Christian Brulls. *La Jeune Fille aux Perles* era um dos títulos propostos por Simenon e rejeitado pelo editor. (N.T.)

diante, toda manhã, um novo exemplar aparecia ao lado de minha correspondência.

Levei um certo tempo para perceber que meus inspetores, em particular Lucas, lançavam-me às vezes rápidos olhares divertidos. Lucas acabou por me dizer, depois de muitos rodeios, numa hora de almoço em que íamos tomar juntos um aperitivo na Brasserie Dauphine:

– Está virando um personagem de romance, chefe.

E tirou o livro do bolso.

– Chegou a ler?

Confessou-me que era Janvier, o mais jovem da equipe naquela época, quem colocava toda manhã um dos livros em minha mesa.

– Verá que algumas características se parecem com o senhor.

Ele tinha razão. Assemelhava-se como o desenho riscado no mármore de uma mesa de café, por um caricaturista amador, se assemelha a uma criatura de carne e osso.

Eu me tornava mais gordo, mais pesado do que sou naturalmente, e com uma lentidão, se posso me exprimir assim, espantosa.

Quanto à história, era irreconhecível, e sucediame, no relato, empregar métodos no mínimo inesperados.

Na mesma noite encontrei minha mulher com o livro nas mãos.

– Foi a dona da padaria que me entregou. Parece que fala de você. Ainda não tive tempo de ler.

O que eu podia fazer? Como o tal Sim prometera, não se tratava de um diário. Tampouco era um livro sério, mas uma publicação barata à qual teria sido ridículo dar importância.

Ele havia empregado meu verdadeiro nome. Mas podia responder-me dizendo que há na terra muitos Maigret. Prometi a mim mesmo recebê-lo bastante secamente se porventura o encontrasse de novo, embora estivesse convencido de que ele evitaria pôr os pés na Polícia Judiciária.

No que me enganei. Um dia em que bati à porta do chefe sem ter sido chamado, para pedir-lhe um conselho, ele me disse vivamente:

– Entre, Maigret. Eu ia justamente telefonar para você. Nosso amigo Sim está aqui.

Nem um pouco constrangido, o amigo Sim. Ao contrário, absolutamente à vontade, com um cachimbo maior do que nunca na boca.

– Como vai, sr. comissário?

E Guichard me explicou:

– Ele acaba de ler para mim algumas passagens de um livrinho que escreveu sobre a casa.

– Estou sabendo.

Os olhos de Xavier Guichard riam, mas desta vez era de mim que ele parecia zombar.

– Também me disse coisas bastante pertinentes que o interessam e que repetirá a você.

– É muito simples. Até agora, na França, na literatura, com raras exceções, o papel simpático sempre foi desempenhado pelo malfeitor, enquanto a polícia se vê, no mínimo, ridicularizada.

Guichard sacudia a cabeça, aprovador.

– Não é verdade?

De fato, era verdade. Não apenas na literatura, mas também na vida corrente. Isso me trazia uma lembrança bastante pungente dos meus começos, na época em que eu "fazia" o serviço de rua. Estava a ponto de prender um batedor de carteiras, à saída do metrô, quando meu homem pôs-se a gritar não sei o quê – talvez: "Pega ladrão!"

Na mesma hora umas vinte pessoas me cercaram. Expliquei que era da polícia, que o indivíduo que se afastava era um reincidente. Tenho certeza de que todos acreditaram em mim. Mesmo assim retardaram-me por todos os meios, dando a meu larápio o tempo de se afastar.

– Pois bem – retomou Guichard –, nosso amigo Sim se propõe a escrever uma série de romances em que a polícia será mostrada sob seu verdadeiro aspecto.

Fiz uma careta que não escapou ao chefe.

– Mais ou menos sob seu verdadeiro aspecto – ele corrigiu. – Está me compreendendo? O livro dele é apenas um esboço do que pretende fazer.

– Ele usou meu nome.

Eu achava que o jovem ia se mostrar confuso, desculpar-se. De modo nenhum.

– Espero não tê-lo chocado, sr. comissário. Foi algo inevitável. Quando imagino um personagem com um determinado nome, é impossível modificá-lo. Busquei em vão juntar todas as sílabas inimagináveis para substituir as da palavra Maigret. No final acabei desistindo. Não teria sido o *meu* personagem.

Disse o *meu* personagem tranqüilamente, e o pior é que fiquei impassível, talvez por causa de Xavier Guichard e do olhar cheio de malícia que punha em mim.

– Não se trata, desta vez, de uma coleção popular, mas do que ele chama... Como disse mesmo, sr. Sim?

– Semiliteratura.

– E conta comigo para...

– Gostaria de conhecê-lo melhor.

Como eu disse no começo: ele não duvidava de nada. Creio que essa era sua força. É em parte graças a isso que já conseguira envolver no seu jogo o chefe, que se interessava por todos os espécimes de humanidade e que me anunciou sem sorrir:

– Ele tem apenas 24 anos.

– Para mim é difícil construir um personagem se não sei como ele se comporta em todos os momentos do dia. Por exemplo, não posso falar de milionários enquanto não tiver visto um, vestindo robe, comer seu ovo quente de manhã.

Isso aconteceu há muito tempo e me pergunto agora por que razão misteriosa escutamos tudo aquilo sem rebentar de rir.

– Em suma, você gostaria...

– ...de conhecê-lo melhor, vê-lo viver e trabalhar.

É claro que o chefe não me dava nenhuma ordem. Certamente eu teria me insurgido. Durante um tempo não tive muita certeza se ele não estaria me pregando uma peça, pois conservara na sua personalidade um certo lado Quartier Latin, do tempo em que o Quartier Latin ainda gostava de farsas.

Provavelmente, foi para não dar a impressão de levar esse caso muito a sério que eu disse, erguendo os ombros:

– Quando quiser.

Então Sim se levantou, encantado.

– Agora mesmo.

Mais uma vez, retrospectivamente, isso pode parecer ridículo. O dólar valia não sei que somas inverossímeis. Os americanos acendiam seus charutos com notas de mil francos. Os músicos negros eram uma praga em Montmartre, e as madames ricas faziam voar suas jóias nos chás dançantes, nas mãos de gigolôs argentinos.

*La Garçonne** atingia tiragens astronômicas, e a Brigada de Costumes não conseguia conter os festins devassos no Bois de Boulogne, que ela mal ousava interromper para não perturbar os folguedos de alguns personagens da diplomacia.

Os cabelos das mulheres eram curtos, os vestidos também, e os homens usavam sapatos pontudos, as calças apertadas nos tornozelos.

Isso não explica nada, eu sei. Mas tudo faz parte do todo. E revejo o jovem Sim entrar no meu escritório, de manhã, como se fosse um de meus inspetores, e dizer-me gentilmente: "Não se perturbe...", indo sentar-se num canto.

Nem sempre tomava notas. Fazia poucas perguntas. Tendia, antes, a afirmar. Explicou-me posterior-

---

* Romance de Victor Marguerite (1922) que causou escândalo, acusado de descrever complacentemente a depravação dos costumes do pós-guerra. (N.T.)

mente – o que não significa que eu tenha acreditado nele – que as reações de alguém a uma afirmação são mais reveladoras do que suas respostas a uma pergunta precisa.

Num meio-dia em que íamos tomar o aperitivo na Brasserie Dauphine, Lucas, Janvier e eu, como fazíamos freqüentemente, ele nos acompanhou.

E, certa manhã, na hora do relatório, encontrei-o instalado num canto do escritório do chefe.

Isso durou alguns meses. Quando lhe perguntei se estava escrevendo, respondeu-me:

– Romances populares, sempre para ganhar a vida. Das quatro às oito da manhã. Às oito, terminei minha jornada. Só escreverei romances semiliterários quando me sentir no ponto.

Não sei o que queria dizer com isso, mas, após um domingo em que o convidei para almoçar no bulevar Richard-Lenoir e onde o apresentei à minha mulher, ele cessou de súbito suas visitas ao Quai des Orfèvres.

Era engraçado não vê-lo mais em seu canto, levantando-se quando eu me levantava, seguindo-me quando eu ia embora e acompanhando-me passo a passo através das salas.

Durante a primavera, recebi um "cartão" no mínimo inesperado.

Georges Sim tem a honra de convidá-lo ao batismo de seu barco, o Ostrogoth, *que será feito pelo pároco de Notre-Dame na próxima terça-feira, no cais do Vert-Galant.*

Não fui. Soube, pela polícia do bairro, que durante três dias e três noites um bando de energúmenos fizera uma grande algazarra a bordo de um barco amarrado em pleno centro de Paris e ostentando o grande galhardete.

Uma vez, ao atravessar a Pont-Neuf, vi o barco em questão e, ao pé do mastro, alguém que datilografava, com um quepe de capitão da marinha na cabeça.

Na semana seguinte o barco não estava mais lá, e o cais do Vert-Galant retomara seu aspecto habitual.

Mais de um ano depois, recebi um outro convite, escrito desta vez numa de nossas fichas datiloscópicas.

Georges Simenon tem a honra de convidá-lo ao baile antropométrico que será oferecido em La Boule Blanche *por ocasião do lançamento de seus romances policiais.*

O Sim havia se tornado Simenon.

Mais exatamente, talvez sentindo-se desde então uma pessoa importante, retomara seu verdadeiro nome.

Não me preocupei com isso. Não fui ao baile e soube, no dia seguinte, que o chefe da polícia estava lá. Soube pelos jornais. Os mesmos jornais que me informavam, em primeira página, que o comissário Maigret acabava de fazer sua estréia ruidosa na literatura policial.

Naquela manhã, quando cheguei ao Quai e subi a grande escadaria, vi apenas sorrisos zombeteiros, rostos divertidos que se desviavam.

Meus inspetores faziam o possível para manter a seriedade. Meus colegas, no relatório, fingiam tratar-me com um respeito novo.

Apenas o chefe comportou-se como se nada tivesse acontecido e me perguntou, com ar ausente:

– E você, Maigret? Seus casos em andamento?

Nas lojas do bairro Richard-Lenoir, nenhum comerciante deixou de mostrar o jornal à minha mulher, com meu nome em letras graúdas, e de lhe perguntar, impressionado:

– É seu marido, não é?

Era eu, infelizmente.

CAPÍTULO II

No qual se fala de uma verdade que dizem completamente nua e que não convence ninguém, e de verdades "arranjadas" que se tornam mais verdadeiras que o natural.

QUANDO SOUBERAM que eu escrevia este livro, depois que o editor de Simenon se ofereceu para publicá-lo, antes mesmo que o primeiro capítulo estivesse pronto, senti, entre a maior parte de meus amigos, uma aprovação um tanto hesitante. Estou certo de que se diziam: "É a vez de Maigret passar por isso!"

Ao longo dos últimos anos, de fato, pelo menos três de meus ex-colegas, da minha geração, escreveram e editaram suas memórias.

Apresso-me em observar que eles seguiram nisto uma velha tradição da polícia parisiense, que nos valeu, entre outras, as memórias de Mace e as do grande Goron, ambos chefes, em seu tempo, do que se chamava então a Segurança. Quanto ao mais ilustre de todos, o legendário Vidocq, infelizmente não nos deixou lembranças de sua lavra que pudéssemos comparar com os retratos que os romancistas fizeram dele, geralmente designando-o por seu nome verdadeiro, ou então, como no caso de Balzac, dando-lhe o nome de Vautrin.

Não é minha função defender meus colegas, mesmo assim respondo, de passagem, a uma objeção que ouvi com freqüência.

– Ao lê-los – disseram-me –, ficamos sabendo que foram pelo menos três pessoas a encontrar a solução de cada caso célebre.

E citavam, em particular, o caso Mestorino, que havia pouco dera o que falar.

Ora, eu também poderia me incluir na lista, pois um caso dessa envergadura requer a colaboração de todos os departamentos. Quanto ao interrogatório final, o famoso interrogatório de 28 horas hoje citado como exemplo, fomos não quatro, mas pelo menos seis a nos revezar, a retomar as perguntas uma a uma, de todas as formas imagináveis, conquistando a cada vez um pedacinho de terreno.

Nessas condições, seria muito injusto quem dissesse qual de nós, num momento dado, apertou o botão que trouxe as confissões.

Aliás, tenho a declarar que o título de memórias não foi escolhido por mim, tendo sido posto, afinal, na falta de outra palavra que não encontramos.

O mesmo acontece (sublinho isto ao corrigir as provas) com os subtítulos, os chamados, ao que consta, cabeçalhos de capítulos, que o editor me pediu a permissão de acrescentar posteriormente, por razões tipográficas, disse-me com gentileza; em realidade, penso, para dar um pouco de leveza ao meu texto.

De todas as tarefas que cumpri no Quai des Orfèvres, a única contra a qual nunca resmunguei foi a redação dos relatórios. Será que isto se deve a um cuidado atávico de exatidão, a escrúpulos com os quais vi meu pai envolvido antes de mim?

Com freqüência ouvi o gracejo quase clássico:

– Nos relatórios de Maigret, há sobretudo parênteses.

Provavelmente porque quero explicar demais, explicar tudo, porque nada me parece simples nem resolvido.

Se se entende por memórias o relato dos acontecimentos nos quais me envolvi ao longo de minha carreira, temo que o público se decepcione.

No espaço de aproximadamente meio século, não penso que tenha havido mais de vinte casos realmente sensacionais, inclusive aqueles a que já fiz alusão: o caso Bonnot, o caso Mestorino, depois os casos Landru, Sarret e alguns outros.

Ora, meus colegas, até mesmo alguns de meus antigos chefes, falaram deles longamente.

Quanto às outras investigações, as que eram em si interessantes mas não tiveram destaque nos jornais, Simenon encarregou-se de falar.

Isto me leva aonde eu queria chegar, aonde tento chegar desde que comecei este manuscrito, isto é, à verdadeira razão de ser destas memórias que não são memórias, e mais do que nunca não sei como vou me exprimir.

Li outrora nos jornais que Anatole France, que era no mínimo um homem inteligente e que manejava com facilidade a ironia, tendo posado para um retrato diante do pintor Van Dongen, não apenas recusou aceitá-lo uma vez terminado, mas proibiu sua exposição em público.

Por volta da mesma época, uma atriz famosa moveu um processo de grande repercussão contra um caricaturista que a representara sob traços que ela julgava ultrajantes e prejudiciais à sua carreira.

Não sou nem acadêmico nem vedete de teatro. Não creio ter suscetibilidades exageradas. Nunca, ao longo de meus anos de profissão, ocorreu-me enviar uma única retificação à imprensa, a qual não se privou, porém, de criticar minhas ações ou meus métodos.

Nem a todo mundo é dado encomendar seu retrato a um pintor, mas em nossos dias todos têm, pelo menos, a experiência dos fotógrafos. E suponho que todos conhecem o mal-estar que sentimos diante de uma imagem de nós mesmos que não é inteiramente exata.

Compreendem bem o que quero dizer? Tenho um pouco de vergonha de insistir. Sei que toco num ponto essencial, ultra-sensível, e, o que é raro acontecer comigo, de repente tenho medo do ridículo.

Acho que para mim seria mais ou menos indiferente pintarem-me em traços completamente diferentes dos meus, a ponto de roçarem a calúnia.

Mas volto à comparação com a fotografia. A objetiva não permite a inexatidão absoluta. A imagem é diferente sem ser diferente. Diante da prova que nos mostram, somos geralmente incapazes de pôr o dedo no detalhe que nos choca, de dizer *o que* não é nós, *o que* não reconhecemos como nosso.

Pois bem, durante anos foi o que me aconteceu diante do Maigret de Simenon, que eu via crescer diariamente a meu lado, tanto assim que no final as pessoas me perguntavam de boa-fé se eu copiara seus tiques, outras, se meu sobrenome era realmente o de meu pai, se eu não o havia tomado do romancista.

Tentei explicar de um jeito ou de outro como as coisas se passaram no início, inocentemente, em suma, sem que isso parecesse ter importância.

A idade mesma do rapazote que o bom Xavier Guichard me apresentou um dia em seu escritório me dera mais vontade de sacudir os ombros do que de suspeitar.

Alguns meses mais tarde, porém, eu estava de fato preso numa engrenagem da qual nunca saí, e as páginas que rabisco agora não me salvarão completamente.

– Do que se queixa? Você é famoso!

Eu sei, eu sei! Dizem isso quando não passaram por essa situação. Admito até que em alguns momentos, em algumas circunstâncias, não é desagradável. Não somente por causa das satisfações do amor-próprio. Com freqüência por razões de ordem prática. Vejam! Nada melhor para obter um bom lugar num trem ou num restaurante cheio, ou para não precisar entrar na fila.

Durante tantos anos nunca protestei, como tampouco enviei retificações aos jornais.

E não afirmo, de repente, que eu fervia por dentro, nem que me reprimia. Seria um exagero, e detesto o exagero.

No entanto prometi a mim mesmo que um dia diria tranqüilamente, sem ressentimento nem mau humor, o que tenho a dizer, e que colocaria de uma vez por todas as coisas no lugar.

Esse dia chegou.

Por que intitular *Memórias*? Não sou responsável, repito, e a palavra não é de minha escolha.

Em realidade, não se trata nem de Mestorino, nem de Landru, nem do advogado do Maciço Central que exterminava suas vítimas mergulhando-as numa banheira cheia de cal pura.

Trata-se simplesmente de confrontar um personagem com um personagem, uma verdade com uma verdade.

*

O leitor verá em seguida o que alguns entendem por verdade.

Isto foi no começo, na época daquele baile antropométrico que serviu, com algumas outras manifestações mais ou menos espetaculares e de bom gosto, para o lançamento do que já se começava a chamar os "primeiros Maigret", dois volumes que se intitulavam: *Le Pendu de Saint-Pholien** e *Monsieur Gallet, décédé* [O sr. Gallet, falecido].

---

* Publicado no Brasil sob o título de *O enforcado* (Coleção L&PM Pocket). (N.E.)

Esses dois, não escondo que os li em seguida. E ainda vejo Simenon chegando a meu escritório no dia seguinte, contente consigo mesmo, com mais segurança ainda, se é possível, do que antes, porém com uma pequena ansiedade no olhar.

– Sei o que vai me dizer! – disparou, quando eu abria a boca.

E, andando de um lado a outro, explicou:

– Não ignoro que estes livros estão cheios de inexatidões técnicas. É inútil enumerá-las. Saiba que elas são intencionais e vou lhe dizer por quê.

Não registrei todo o seu discurso, mas lembro a frase essencial, que posteriormente ele me repetiu várias vezes, com uma satisfação que se confundia com sadismo:

– A verdade nunca parece verdadeira. Não falo apenas em literatura ou em pintura. Tampouco citarei o caso das colunas dóricas cujas linhas nos parecem rigorosamente perpendiculares e que só dão essa impressão por serem ligeiramente curvas. É que, se fossem retas, nosso olho as veria bojudas, compreende?

Ele ainda gostava, naquele tempo, de demonstrar erudição.

– Conte uma história qualquer a alguém. Se não a enfeitar, acharão inacreditável, artificial. Enfeite-a, e será mais verdadeira que o natural.

Ele anunciava essas últimas palavras como se fosse uma descoberta sensacional.

– Fazer algo mais verdadeiro que o natural, eis tudo. Pois bem, fiz do senhor alguém mais verdadeiro que o natural.

Fiquei sem voz. No momento, o pobre comissário que eu era, o comissário "menos verdadeiro que o natural", nada encontrou para responder.

E ele, com uma abundância de gestos e uma ponta de sotaque belga, demonstrou-me que minhas investigações, tais como as contara, eram mais plausíveis – teria ele dito mais exatas? – que as que eu vivera.

Em nossos primeiros encontros, no outono, não lhe faltava segurança. Favorecido pelo êxito, tinha-a em excesso, para dar e vender a todos os medrosos da terra.

– Veja bem, comissário...

Pois ele decidira deixar de lado o "senhor".

– Numa verdadeira investigação, são às vezes uns cinqüenta, se não mais, a se ocupar da busca do culpado. Não são apenas você e seus inspetores que seguem uma pista. A polícia, a gendarmaria do país inteiro são alertadas. Trabalha-se nas estações ferroviárias, no embarque de navios e nas fronteiras. E não estou nem falando dos denunciantes, menos ainda dos amadores que se metem no caso.

"Experimente, em duzentas ou duzentas e cinqüenta páginas de um romance, dar uma imagem mais ou menos fiel dessa agitação! Um romance-rio não seria suficiente, e o leitor ficaria desanimado após alguns capítulos, misturando tudo, confundindo tudo.

"Ora, na realidade quem é que impede que essa confusão aconteça, quem é que, toda manhã, põe cada um no seu lugar e segue o fio condutor?"

Ele me avaliava dos pés à cabeça, triunfalmente.

– Sabe muito bem que é você. É quem dirige a investigação. Não ignoro que um comissário da Polícia Judiciária, um chefe de Brigada Especial, não percorre as ruas pessoalmente para interrogar porteiros e vendedores de vinho.

"Também não ignoro que, salvo em casos excepcionais, não passa as noites andando a pé sob a chuva nas ruas desertas, à espera de que uma janela se ilumine ou uma porta se abra.

"E mesmo assim é exatamente como se você mesmo estivesse lá, não é verdade?"

Que responder a isso? De um certo ponto de vista era lógico.

– Portanto, simplificação! A primeira qualidade, a qualidade essencial de uma verdade, é ser simples. E eu simplifiquei. Reduzi à sua mais simples expressão os mecanismos à sua volta, sem que o resultado em nada se modificasse com isso.

"Onde cinqüenta inspetores mais ou menos anônimos se mexiam em desordem, conservei apenas três ou quatro que têm uma personalidade própria."

Tentei objetar:

– Os outros não estão contentes.

– Não escrevo para as poucas dezenas de funcionários da Polícia Judiciária. Quando se escreve um livro sobre professores, haverá descontentamento, não importa o que se faça, entre as dezenas de milhares de professores. Aconteceria o mesmo se escrevêssemos sobre chefes de estação ferroviária ou sobre datilógrafos. Onde é mesmo que estávamos?

– Nos diferentes tipos de verdades.

– Eu tentava demonstrar que a minha é a única aceitável. Quer outro exemplo? Não há necessidade de passar neste prédio os dias que passei para saber que a Polícia Judiciária, fazendo parte da Central de Polícia, só pode agir dentro do perímetro de Paris e, por extensão, em alguns casos, do departamento do Sena.

– Ora, em *Monsieur Gallet, décédé*, narro uma investigação que se passou no centro da França.

"Você esteve lá, sim ou não?"

A resposta era sim, evidentemente.

– Estive, é verdade, mas numa época em que...

– Numa época em que, por um certo tempo, trabalhou não no Quai des Orfèvres, mas nas Informações Gerais da rua des Saussaies. Por que confundir as idéias do leitor com essas sutilezas administrativas?

"Será que é preciso, para cada investigação, começar por explicar: 'Isto se passou em tal ano, portanto Maigret estava vinculado a tal serviço?'

"Deixe-me terminar..."

Ele tinha sua idéia e sabia que ia tocar em um ponto fraco.

– Por seus hábitos, suas atitudes, seu caráter, você é um homem do Quai des Orfèvres ou um homem da rua des Saussaies?

Peço perdão a meus colegas da Segurança nacional, entre os quais conto com bons amigos, mas não digo nada de novo ao admitir que há, digamos, uma rivalidade, para não dizer mais, entre as duas casas.

Admitamos também, o que Simenon compreendera desde o início, que naquele tempo havia sobretudo dois tipos de policiais bastante diferentes.

Os da rua de Saussaies, que dependem diretamente do ministro do Interior, são mais ou menos levados pela força das circunstâncias a se ocupar de tarefas políticas.

Não os censuro por isso. Confesso apenas que, no que me diz respeito, prefiro encarregar-me de outras coisas.

Nosso campo de ação, no Quai des Orfèvres, é talvez mais restrito, mais concreto. De fato, nos ocupamos dos malfeitores de todo tipo e, em geral, de tudo que se inclui na palavra "polícia" especificada pela palavra "judiciária".

– Concordará comigo que é um homem do Quai. Tem orgulho disso. Pois bem, fiz de você um homem do Quai, a encarnação do Quai. E não será por minúcias, só porque tem a mania da exatidão, que farei essa imagem menos nítida explicando que em tal ano, por razões complicadas, provisoriamente mudou de casa, o que lhe permitiu trabalhar nos quatro cantos da França.

– Mas...

– Um instante. No primeiro dia em que nos vimos, declarei que eu não era jornalista, mas romancista, e lembro-me de ter prometido ao sr. Guichard que meus relatos nunca constituiriam indiscrições suscetíveis de atrair dificuldades a seus serviços.

– Eu sei, mas...

– Espere um pouco, Maigret, com os diabos!

Era a primeira vez que ele me chamava assim. Também era a primeira vez que aquele rapazote me mandava calar a boca.

– Alterei os nomes, com exceção do seu e de dois ou três de seus colaboradores. Tive também o cuidado de modificar as localidades. Muitas vezes, por precaução, modifiquei as relações de família dos personagens entre si.

"Simplifiquei, às vezes restando um único interrogatório dos quatro ou cinco que deve ter feito, ou apenas duas ou três pistas quando, no início, teve dez pela frente.

"Sustento que sou eu quem tem razão, que a minha verdade é a boa.

"Trouxe-lhe uma prova disso."

E apontou-me uma pilha de livros que pusera em minha mesa ao chegar e aos quais eu não prestara atenção.

– São livros escritos por especialistas sobre questões policiais ao longo dos últimos vinte anos, relatos verdadeiros, daquele tipo de verdade que você gosta.

"Leia. Em sua maior parte, já conhece as investigações que esses livros contam em detalhe.

"Pois bem, aposto que não as reconhecerá, justamente porque a preocupação com a objetividade falseia essa verdade que é sempre, que *deve* sempre ser simples.

"E agora..."

Está bem! É melhor que eu confesse logo. Foi naquele momento, justamente, que percebi meu ponto fraco.

Ele tinha razão, de fato, em todos os pontos que acabava de enumerar. Pouco importava, a mim também, que ele tivesse reduzido o número de inspetores, que me fizesse passar noites sob a chuva no lugar destes e que tenha confundido, voluntariamente ou não, a Segurança nacional com a Polícia Judiciária.

O que me chocava, no fundo, e que eu não queria ainda confessar a mim mesmo, era...

Meu Deus, como é difícil! Lembrem-se do que eu disse da pessoa diante de sua fotografia.

Tomemos apenas o detalhe do chapéu-coco. Azar se me cubro de ridículo ao admitir que esse detalhe idiota me fez sofrer mais que todos os outros.

Quando o jovem Sim entrou pela primeira vez no Quai des Orfèvres, eu ainda tinha um chapéu-coco no meu armário, mas só o usava em raras ocasiões: enterros ou cerimônias oficiais.

Ora, o fato é que, em minha sala, estava pendurada uma fotografia tirada uns anos antes por ocasião de algum congresso, e na qual eu aparecia com o maldito chapéu.

O que me vale ainda hoje, quando me apresentam a pessoas que nunca vi, ter de ouvir esta observação:

– Ah! o senhor mudou de chapéu.

Quanto ao famoso sobretudo com gola de veludo, não foi comigo mas com minha mulher que Simenon teve, um dia, de se explicar.

Tive um assim, admito. Tive inclusive vários, como todos os homens de minha geração. Talvez tenha me acontecido, por volta de 1927, num dia de grande frio ou de chuva forte, usar um desses velhos sobretudos.

Não sou um sujeito galante. Pouco me preocupo com a elegância. Mas, talvez por causa disso, tenho horror de ser diferente. E meu alfaiate judeu da rua de Turenne tampouco deseja que se voltem na rua à minha passagem.

"É minha culpa se o vejo assim?", poderia ter-me dito Simenon, como o pintor que faz em seu modelo um nariz torto ou olhos estrábicos.

Só que o modelo em questão não é obrigado a viver a vida inteira frente a frente com seu retrato, e não há milhares de pessoas para acreditar desde então que ele tem o nariz torto ou olhos estrábicos.

Eu não disse a ele tudo isso, naquela manhã. Pudicamente, contentei-me em pronunciar, olhando para outro lado:

– Era indispensável *me* simplificar também?

– No começo, sim. O público precisa se habituar com você, com seu andar, seu perfil. Acabo de achar a palavra. Por ora, você é apenas um perfil, uma silhueta, um cachimbo, um jeito de andar, de resmungar.

– Obrigado.

– Verá que os detalhes aparecerão aos poucos. Não sei quanto tempo levará. Aos pouquinhos, passará a ter uma vida mais sutil, mais complexa.

– É reconfortante.

– Por exemplo, até aqui ainda não tem uma vida familiar, muito embora o bulevar Richard-Lenoir e a sra. Maigret constituam metade de sua existência.

Apenas telefonou para lá, mas logo o veremos em casa.

– De robe e chinelos?

– E mesmo na cama.

– Visto camisola de dormir até – eu disse com ironia.

– Eu sei, isso completa a sua figura. Mesmo se tivesse se adaptado ao pijama, eu lhe teria posto uma camisola.

Pergunto-me de que maneira essa conversa teria terminado – provavelmente por uma boa discussão – se não tivessem me anunciado que um pequeno denunciante da rua Pigalle queria falar comigo.

– Enfim – disse eu a Simenon no momento em que ele me estendia a mão –, está satisfeito consigo mesmo.

– Ainda não, mas chegarei lá.

Será que eu podia declarar a ele que o proibia, dali em diante, de servir-se de meu nome? Legalmente, sim. E isso teria dado ensejo ao que chamam um processo tipicamente parisiense que me teria coberto de ridículo.

O personagem seria chamado de outro modo. Mesmo assim continuaria sendo eu, ou, mais exatamente, esse eu simplificado que, a acreditar em seu autor, ia progressivamente complicar-se.

O pior é que o sacana não se enganava, e todo mês, durante anos, eu haveria de encontrar, num livro de capa fotográfica, um Maigret que me imitava cada vez mais.

Se isso tivesse se limitado apenas aos livros! Mas o cinema, o rádio, a televisão mais tarde, acabaram se metendo.

É uma sensação estranha ver na tela, indo, vindo, falando, se assoando, um senhor que diz ser você, que tem alguns de seus tiques, pronuncia frases que você pronunciou, em circunstâncias que você conheceu, que você viveu, em quadros às vezes minuciosamente reconstituídos.

Ainda com o primeiro Maigret da tela, Pierre Renoir*, a verossimilhança era mais ou menos respeitada. Eu me tornava um pouco mais alto, mais esbelto. Claro que o rosto era diferente, mas algumas atitudes eram tão impressionantes que suspeito que o ator me observou sem que eu soubesse.

Alguns meses mais tarde, eu diminuía uns vinte centímetros, e o que perdia em altura ganhava em gordura, tornando-me, sob os traços de Abel Tarride**, obeso e bonachão, tão balofo como se eu fosse sair voando pelos ares. Nem falo das piscadelas espertas com as quais sublinhava minhas próprias descobertas e minhas sutilezas!

Não fiquei até o fim do filme, e minhas tribulações não haviam terminado.

Harry Baur*** era certamente um grande ator, mas tinha uns vinte anos mais que eu naquela época, um aspecto ao mesmo tempo flácido e trágico.

---

* Em *La Nuit du Carrefour*, dirigido por Jean Renoir (1932). (N.T.)
** Em *Le Chien jaune* (Jean Tarride, 1932). (N.T.)
*** Em *La Tête d'un homme* (Julien Duvivier, 1933). (N.T.)

Prossigamos!

Após ter envelhecido vinte anos, eu rejuvenescia quase o mesmo tanto, bem mais tarde, com um certo Préjean*, a quem não tenho crítica a fazer – como tampouco aos outros – mas que se parece muito mais com os jovens inspetores de hoje do que com os de minha geração.

Muito recentemente, por fim, me engordaram de novo, tanto que eu parecia prestes a explodir, ao mesmo tempo em que, sob os traços de Charles Laughton**, eu me punha a falar inglês como minha língua materna.

Pois bem, de todos esses, houve pelo menos um que teve o bom gosto de trapacear com Simenon e de achar que minha verdade valia mais que a dele.

Foi Pierre Renoir, que não enfiou um chapéu-coco na cabeça, mas vestiu um chapéu mole muito ordinário, roupas como as de qualquer funcionário, seja ele da polícia ou não.

Noto que só falei de detalhes mesquinhos, de um chapéu, de um sobretudo, de um aquecedor a carvão, provavelmente porque foram os detalhes que primeiro me chocaram.

Não é nada surpreendente tornar-se um homem maduro e depois um velho. Mas basta cortarem as pontas de seu bigode para que um homem não se reconheça mais.

---

* Albert Préjean, em *Picpus* (Richard Pottier, 1943), *Cécile est morte* (Maurice Tourneur, 1944) e *Les Caves du Majestic* (Richard Pottier, 1945). (N.T.)

** Em *L'Homme de la tour Eiffel* (Burgess Meredith, 1950). (N.T.)

A verdade é que prefiro livrar-me do que considero fraquezas menores antes de confrontar no fundo os dois personagens.

Se Simenon tem razão, o que é muito possível, o meu parecerá burlesco e prolixo comparado à sua famosa verdade simplificada – ou enfeitada –, e terei o aspecto de um senhor rabugento que retoca ele próprio seu retrato.

Agora que comecei pelo vestuário, devo continuar, nem que seja para minha tranqüilidade pessoal.

Simenon perguntou-me recentemente – na verdade, também ele mudou, desde o rapazote que conheci na sala de Xavier Guichard –, Simenon perguntou-me, eu dizia, com um ar um pouco brincalhão:

– E então? E o novo Maigret?

Tentei responder-lhe com suas palavras de outrora.

– É um esboço. Ainda é apenas um perfil. Um chapéu. Um sobretudo. Mas é seu verdadeiro chapéu, seu verdadeiro sobretudo! Aos poucos, talvez, virá o resto, ele terá braços, pernas, quem sabe um rosto... Talvez passe até a pensar sozinho, sem a ajuda de um romancista.

Na verdade, Simenon tem agora mais ou menos a idade que eu tinha quando nos vimos pela primeira vez*. Naquela época, ele tendia a considerar-me um homem maduro e até mesmo, no fundo, um velho.

Não perguntei o que ele pensava hoje disso, mas não pude deixar de observar:

---

* Em 1950, Simenon estava com 47 anos. (N.T.)

– Sabe que, com os anos, você passou a andar, a fumar seu cachimbo, e até mesmo a falar como o *seu* Maigret?

O que é verdade, e hão de convir que isso me oferece uma vingança bem saborosa.

É um pouco como se, com o passar do tempo, ele começasse a *se* tomar por *mim*!

CAPÍTULO III

No qual tentarei falar de um doutor barbudo que teve uma influência sobre a vida de minha família e talvez, no final das contas, sobre a escolha de minha carreira.

NÃO SEI SE DESTA VEZ acharei o tom, pois esta manhã já enchi o cesto de papel com páginas rasgadas umas depois das outras.

E ontem à noite estive a ponto de desistir.

Enquanto minha mulher lia o que eu escrevera durante o dia, eu, fingindo ler o jornal, como de hábito a observava, em certos momentos tive a impressão de que ela estava surpresa, e depois, até o final, vi que me lançava rápidos olhares de espanto, quase de pesar.

Em vez de me falar em seguida, ela voltou silenciosamente a guardar o manuscrito na gaveta, e passou-se um tempo antes que pronunciasse, num esforço por tornar sua observação o mais leve possível:

– Talvez digam que você não gosta dele.

Eu não tinha necessidade de perguntar de quem ela falava, e então foi minha vez de não compreender, de fixar nela meus olhos de espanto.

– Que está dizendo? – exclamei. – Desde quando Simenon não seria mais nosso amigo?

– Sim, evidentemente...

Eu tentava imaginar o que ela podia estar pensando, tentava lembrar-me do que havia escrito.

– Talvez eu me engane – ela acrescentou. – Certamente me engano, já que está dizendo. Mas tive a impressão, ao ler certas passagens, que você saciava um verdadeiro rancor. Compreenda. Não um daqueles grandes rancores que nos confessamos. Algo mais surdo, mais...

Ela não disse a palavra – fui eu que disse por ela:

– ...Mais vergonhoso...

Ora, Deus sabe que, ao escrever, isso estava longe do meu espírito. Não apenas mantive com Simenon relações as mais cordiais, como ele não tardou a tornar-se o amigo da família, e nossas raras viagens de verão foram quase todas para ir visitá-lo em seus sucessivos domicílios, quando vivia ainda na França: na Alsácia, em Porquerolles, em Charente, na Vendéia, para citar alguns. Mesmo se, mais recentemente, aceitei uma turnê semi-oficial que me ofereciam pelos Estados Unidos, foi talvez por saber que o encontraria no Arizona, onde vivia então.

– Posso jurar a você... – comecei gravemente.

– Eu acredito. Os leitores é que talvez não acreditem.

Estou convencido de que a culpa é minha. Não tenho o hábito de manejar a ironia e me dou conta de que devo fazê-lo pesadamente. Ora, eu queria ter tratado com leveza, por uma espécie de pudor, um assunto difícil, um tanto penoso para o meu amor-próprio.

O que procurei fazer, em suma, foi apenas ajustar, nem mais nem menos, uma imagem a uma outra imagem, um personagem não à sua sombra, mas a seu duplo. E Simenon foi o primeiro a me encorajar nesse empreendimento.

Acrescento, para tranqüilizar minha mulher, a qual é de uma fidelidade quase selvagem em suas amizades, que Simenon, como eu disse ontem em outras palavras, por brincadeira, não tem mais nada do jovem cuja segurança agressiva às vezes me desagradara; ao contrário, ele é que se tornou agora taciturno, fala com uma certa hesitação, sobretudo de assuntos que lhe são importantes, com temor de afirmar, buscando, quem diria?, minha aprovação.

Sendo assim, vou ainda criticá-lo? Um pouquinho só, apesar de tudo. Será por certo a última vez. A ocasião é muito boa e não resisto.

Nos quarenta volumes que ele dedicou às minhas investigações, contam-se provavelmente umas vinte alusões às minhas origens, à minha família, algumas palavras sobre meu pai e sua profissão de administrador, uma menção ao colégio de Nantes onde fiz uma parte de meus estudos, outras, muito breves, a meus dois anos de medicina.

Ora, trata-se do mesmo homem a quem foram necessárias cerca de oitocentas páginas para contar sua infância até a idade de dezesseis anos. Pouco importa que o tenha feito sob a forma de romance, que os personagens sejam exatos ou não; ele acreditou que seu herói só era completo se acompanhado de pais e avós, tios e tias, dos quais nos relata os caprichos e as enfermidades, os pequenos vícios e os fibromas, e até mesmo o cachorro da vizinha teve direito a meia página.

Não estou me queixando, e se faço esta observação é para me defender de antemão da acusação que poderiam me fazer de falar dos meus familiares com demasiada complacência.

Para mim, um homem sem passado não é um homem completo. Ao longo de algumas investigações, ocorreu-me dedicar mais tempo à família e ao meio do suspeito do que ao próprio suspeito, e muitas vezes foi assim que descobri a chave do que poderia ter permanecido um mistério.

Foi dito, e é exato, que nasci no centro da França, não distante de Moulins, mas não me lembro de ter sido explicado que a propriedade da qual meu pai era administrador era uma propriedade de três mil hectares, onde não havia menos de 26 granjas arrendadas.

Não apenas meu avô, que conheci, era um dos arrendatários, como também três gerações dos Maigret, pelo menos, haviam lavrado a mesma terra.

Quando meu pai era jovem, uma epidemia de tifo dizimou a família, que contava com sete ou oito filhos, deixando sobreviver apenas dois, meu pai e uma irmã, que mais tarde se casaria com um padeiro e se fixaria em Nantes.

Por que meu pai foi estudar no liceu de Moulins, rompendo assim com tradições tão antigas? Tenho motivos para acreditar que o pároco da aldeia se interessou por ele. Mas não era um rompimento com a terra, pois, após dois anos numa escola de agricultura, ele voltou à aldeia e passou a trabalhar no castelo como administrador auxiliar.

Sinto sempre um certo constrangimento ao falar dele. De fato, tenho a impressão de que as pessoas se dizem:

– Ele conservou dos pais a imagem que fazemos deles quando crianças.

E por muito tempo perguntei a mim mesmo se não estava enganado, se meu espírito crítico não cometia um erro.

Mas aconteceu de eu conhecer outros homens como ele, sobretudo entre os de sua geração, na maioria das vezes na mesma condição social, que se poderia dizer intermediária.

Para meu avô, as pessoas do castelo, seus direitos, seus privilégios, seu comportamento, não se discutiam. O que ele pensava no fundo de si mesmo, nunca saberei. Eu ainda era jovem quando morreu. No entanto, estou convencido, ao lembrar de certos olhares, de certos silêncios principalmente, que sua aprovação não era passiva, que inclusive nem sempre era aprovação nem resignação, mas procedia, ao contrário, de um certo orgulho e, sobretudo, de um sentimento muito arraigado do dever.

Foi esse sentimento que subsistiu em homens como meu pai, misturado a uma reserva, a uma necessidade de decência que pode ter feito pensar em resignação.

Ainda recordo bem dele. Conservei muitas fotografias. Era alto, muito magro, e sua magreza era acentuada por calças estreitas que proteções de couro cobriam até os joelhos. Era uma espécie de uniforme para ele. Não usava barba, mas longos bigodes de um ruivo-claro, nos quais eu sentia, ao beijá-lo quando chegava em casa, no inverno, pequenos cristais de gelo.

Nossa casa ficava no pátio do castelo, uma bela casa de tijolos rosados, de um andar, que dominava as construções baixas onde viviam várias famílias de criados, palafreneiros, guardas, cujas mulheres, em sua maioria, trabalhavam no castelo como lavadeiras, costureiras ou auxiliares de cozinha.

Nesse pátio meu pai era uma espécie de soberano a quem os homens falavam com respeito, tirando o boné.

Cerca de uma vez por semana, ele partia na carroça, no início da noite ou já no fim da tarde, com um ou vários granjeiros, para ir vender ou comprar animais em alguma feira distante, de onde só retornava no fim do dia seguinte.

Seu escritório ficava num prédio separado, tendo, nas paredes, fotografias de bois e cavalos premiados, os calendários das feiras e, quase sempre secando à medida que o ano passava, o mais belo feixe de trigo colhido em suas terras.

Por volta das dez horas, atravessava o pátio e penetrava num domínio à parte. Contornando as moradias, chegava ao grande patamar que os camponeses nunca atravessavam, e passava algum tempo atrás dos muros espessos do castelo.

Para ele, era como o relatório da manhã é, para nós, na Polícia Judiciária, e em criança eu me orgulhava de vê-lo, muito íntegro, sem traço de servilismo, escalar os degraus desse prestigioso patamar.

Falava pouco, ria raramente, mas, quando isso acontecia, nos surpreendíamos ao descobrir um riso jovem, quase infantil, ao vê-lo divertir-se com brincadeiras ingênuas.

Não bebia, ao contrário da maior parte dos adultos que eu conhecia. A cada refeição punham à mesa uma pequena garrafa que lhe era reservada, cheia até a metade de um leve vinho branco originado da propriedade, e nunca o viram tomar outro, mesmo nos casamentos ou nos funerais. E nas feiras, quando era obrigado a freqüentar tabernas, costumavam trazer-lhe uma taça de café, que ele adorava.

Aos meus olhos, era um homem maduro, até mesmo um homem de certa idade. Eu tinha cinco anos quando meu avô morreu. Quanto a meus avós maternos, eles moravam a mais de cinqüenta quilômetros dali, e só fazíamos a viagem duas vezes por ano, de modo que pouco os conheci. Não eram granjeiros. Mantinham, numa aldeia bastante importante, um armazém acompanhado, como é comum no campo, de uma sala de café.

Hoje eu diria que foi esta a razão pela qual nossas relações com a família materna não eram mais estreitas.

Eu tinha pouco menos de oito anos quando percebi que minha mãe estava grávida. Por frases colhidas ao acaso, por cochichos, compreendi mais ou menos que o acontecimento era inesperado, já que depois do meu nascimento os médicos haviam decretado que novos partos eram improváveis.

Isso tudo reconstituí posteriormente, pedaço por pedaço, e suponho que aconteça assim com todas as recordações da infância.

Nessa época havia, na aldeia vizinha, mais importante que a nossa, um médico de barba ruiva e pontuda que se chamava Gadelle – Victor Gadelle, se não me engano – de quem falavam muito, quase sempre com ares misteriosos, e, provavelmente por causa da barba, como também por tudo que diziam dele, eu não estava longe de tomá-lo por uma espécie de diabo.

Existia um drama em sua vida, um verdadeiro drama, o primeiro que me foi dado conhecer e que me impressionou muito, tanto mais porque haveria de ter uma profunda influência sobre minha família e, portanto, sobre toda a minha existência.

Gadelle bebia. Bebia mais do que qualquer camponês da região, não apenas de tempos em tempos, mas diariamente, começando pela manhã para só parar à noite. Bebia a ponto de espalhar, no ambiente de uma sala, um cheiro de álcool que eu aspirava sempre com repugnância.

Além disso, cuidava pouco da aparência. Pode-se até mesmo dizer que vivia sujo.

Nessas condições, como é possível que ele fosse amigo de meu pai? Para mim era um mistério. O fato é que vinha vê-lo com freqüência, conversar com ele em nossa casa; havia mesmo o rito, no momento de sua chegada, de pegar, no guarda-louça envidraçado, uma garrafa de aguardente da qual ninguém mais bebia.

Do primeiro drama eu não soube quase nada, na época. A mulher do dr. Gadelle estava grávida, pela sexta ou sétima vez. Para mim já era uma mulher velha, embora tivesse provavelmente uns quarenta anos.

O que aconteceu no dia do parto? Parece que Gadelle chegou em casa mais bêbado que de costume, tendo continuado a beber enquanto esperava, junto à cabeceira da mulher.

A espera foi mais longa que o normal. Haviam levado as crianças para os vizinhos. Ao amanhecer, como nada acontecesse, a cunhada, que passara ali a noite, ausentou-se para dar uma espiada em sua casa.

Parece que ouviram gritos, um tumulto, passos agitados na casa do doutor.

Quando entraram lá, Gadelle chorava num canto. Sua mulher estava morta e a criança também.

E, por muito tempo depois, eu continuaria a surpreender as comadres murmurando entre si, indignadas ou consternadas:

– Uma verdadeira carnificina!...

*

Durante meses houve um caso Gadelle, que foi o objeto de todas as conversas e que, como era de esperar, dividiu a região em dois campos.

Alguns – e eram muitos – iam à cidade, o que era então uma verdadeira viagem, para consultar outro médico, enquanto outros, indiferentes ou confiantes apesar de tudo, continuavam a chamar o doutor barbudo.

Meu pai nunca me fez confidências sobre o assunto. Limito-me, portanto, às conjeturas.

Gadelle, isto é certo, nunca deixou de vir nos ver. Entrava em nossa casa como no passado, em meio a suas visitas, e o gesto de colocar diante dele a famosa garrafa de boca dourada permanecia o mesmo.

No entanto bebia menos. Diziam que nunca mais fora visto bêbado. Uma noite, na mais distante das granjas, foi chamado para um parto e saiu-se honrosamente. Ao retornar, passou de novo em nossa casa e lembro que estava muito pálido; ainda vejo meu pai apertar-lhe a mão com uma insistência que não era usual, como para encorajá-lo, como para dizer-lhe: "Está vendo, nada está perdido!"

Pois meu pai nunca perdia a esperança nas pessoas. Nunca o ouvi pronunciar um julgamento sem apelação, mesmo quando a ovelha negra do domínio, um lavrador muito grosseiro cujas prevaricações ele tivera de denunciar ao castelo, o acusou de não sei que intrigas desonestas.

Se, depois da morte da mulher e do filho, não houvesse ninguém para estender a mão ao doutor, é certo que ele seria um homem perdido.

Meu pai fez isso. E, quando minha mãe engravidou, um certo sentimento que me é difícil explicar, mas que compreendo, o obrigou a ir até o fim.

No entanto ele tomou precauções. Por duas vezes, nos últimos tempos da gravidez, levou minha mãe a Moulins para consultar um especialista.

A hora chegou. Um criado da estrebaria foi, a cavalo, buscar o doutor no meio da noite. Não me fizeram deixar a casa, onde permaneci encerrado em meu quarto, terrivelmente impressionado, muito embora, como todos os garotos do campo, tivesse desde cedo um certo conhecimento dessas coisas.

Minha mãe morreu às sete horas da manhã, no momento em que a aurora começava, e, quando desci, o primeiro objeto que atraiu meu olhar, apesar de minha emoção, foi a garrafa sobre a mesa da sala de jantar.

Eu continuava filho único. Uma moça dos arredores veio instalar-se na casa para cuidar dos afazeres e tomar conta de mim. Nunca mais vi, desde então, o dr. Gadelle transpor nossa porta, mas tampouco ouvi meu pai dizer uma palavra a seu respeito.

Um período muito triste e confuso seguiu-se a esse drama. Eu ia à escola da aldeia. Meu pai falava cada vez menos. Tinha 32 anos, e só agora me dou conta de sua juventude.

Não protestei quando, aos doze anos, ele fez questão de enviar-me como interno ao liceu de Moulins, onde era impossível que eu fosse e voltasse todo dia.

Fiquei lá apenas alguns meses. Estava infeliz, completamente estrangeiro num mundo novo que me parecia hostil. Não disse nada a meu pai, que me trazia de volta para casa todos os sábados à noite. Nunca me queixei.

Mas ele deve ter compreendido, pois, nas férias da Páscoa, sua irmã, cujo marido tinha aberto uma padaria em Nantes, veio inesperadamente nos visitar, e percebi que se tratava de um plano já traçado por correspondência.

Minha tia, que tinha a pele muito rosada, começava a engordar. Não tinha filhos e afligia-se com isso.

Durante vários dias, a vi girar desajeitadamente à minha volta como para me cativar.

Falava-me de Nantes, de sua casa perto do porto, do cheiro bom de pão saído do forno, do marido que passava a noite trabalhando e dormia durante o dia.

Ela se mostrava muito alegre e logo adivinhei. Estava resignado. Ou, mais exatamente, pois não gosto dessa palavra, acabei aceitando.

Meu pai e eu tivemos uma longa conversa, ao passearmos pelo campo num domingo após a missa. Foi a primeira vez em que ele me falou como a um homem. Considerava meu futuro, a impossibilidade para mim de estudar na aldeia, a falta que eu sentiria, se permanecesse interno em Moulins, de uma vida familiar normal.

Hoje sei o que ele pensava. Ele se dava conta de que a companhia de um homem como ele, que se fechara em si mesmo e vivia a maior parte do tempo com seus pensamentos, não era desejável para um garoto que tinha pela frente a vida inteira.

Parti com minha tia, uma grande mala sacolejando atrás de nós, na carroça que nos levou até a estação.

Meu pai não chorou. Eu também não.

*

É mais ou menos tudo o que sei dele. Durante anos, em Nantes, fui o sobrinho do padeiro e da padeira, e quase me habituei a um homem cujo peito peludo eu via diariamente à luz avermelhada do forno. Passava todas as férias com meu pai. Não ouso dizer que éramos estranhos um ao outro. Mas eu tinha minha vida pessoal, minhas ambições, meus problemas.

Ele era meu pai, que eu amava e respeitava, mas que não tentava mais compreender. E isso durou anos. Será que é sempre assim? Tendo a pensar que sim.

Quando minha curiosidade voltou, era tarde demais para fazer as perguntas que eu queria tanto ter feito, que eu me censurava de não ter feito quando ele ainda existia para me responder.

Meu pai morrera, aos 44 anos, de uma pleurisia.

Eu era jovem, havia começado meus estudos de medicina. As últimas vezes que fui ao castelo, ficara impressionado com o tom rosado das maçãs do rosto de meu pai, com seus olhos que ficavam brilhantes, febris, à noite.

– Houve casos de tuberculose na família? – perguntei um dia à minha tia.

E ela, como se eu falasse de uma tara vergonhosa:

– De jeito nenhum, ora essa! Todos eram fortes como carvalhos! Não lembra de seu avô?

Eu me lembrava, justamente. Lembrava-me de uma tosse seca que ele atribuía ao tabaco. E, retrocedendo nas minhas lembranças, revia em meu pai o mesmo aspecto de um fogo incubado atrás da face.

Também minha tia apresentava aquela coloração.

– É de viver sempre no calor de uma padaria! – ela retorquia.

No entanto morreu do mesmo mal que o irmão, dez anos mais tarde.

Quanto a mim, de volta a Nantes, onde devia tratar de assuntos pessoais antes de começar uma nova existência, hesitei por um bom tempo antes de me apresentar na casa de um de meus professores, pedindo-lhe que me auscultasse.

– Nenhum perigo nesse sentido! – ele me tranqüilizou.

Dois dias depois, eu tomava o trem para Paris.

*

Minha mulher não me levará a mal, desta vez, se volto a Simenon e à imagem que ele criou de mim, pois se trata de discutir um ponto levantado num de seus livros, um dos mais recentes, e que me diz respeito em particular.

É inclusive um dos pontos que mais me incomodaram – e não falo das pequenas questões de vestuário ou outras com as quais me diverti.

Eu não seria o filho de meu pai se não fosse tão melindroso no que se refere à minha profissão, à minha carreira, e é justamente disso que se trata.

Tive a impressão às vezes, a impressão desagradável, de que Simenon procurava de certo modo me desculpar, aos olhos do público, de ter entrado para a polícia. E estou certo de que para alguns só aceitei essa profissão na falta de outra melhor.

Ora, não resta dúvida, de fato, que iniciei estudos de medicina e que escolhi essa profissão de livre e espontânea vontade, sem ser pressionado por pais mais ou menos ambiciosos, como é comum acontecer.

Havia anos que eu não pensava mais nisso nem cogitava propor-me questões dessa natureza, quando, justamente por causa de algumas frases escritas sobre minha vocação, o problema acabou se impondo a mim.

Não falei disso a ninguém, nem mesmo à minha mulher. Hoje preciso superar certos pudores para passar a coisa a limpo, ou tentar fazê-lo.

Pois bem, num de seus livros, Simenon falou de "consertador de destinos", e ele não inventou a expressão, que é minha, que a deixei escapar algum dia em que estávamos conversando.

E então me pergunto se tudo não veio de Gadelle, cujo drama, o que só vim a perceber mais tarde, me impressionou bem mais do que eu pensava.

Pelo fato de ele ser médico, e porque havia fracassado, a profissão médica revestiu-se para mim de um prestígio extraordinário, a ponto de tornar-se uma espécie de sacerdócio.

Durante anos, sem me dar conta, tentei compreender o drama daquele homem às voltas com um destino além de sua capacidade.

E me lembrava da atitude de meu pai em relação a ele, perguntando-me se meu pai compreendera a mesma coisa que eu, se não fora por isso que, embora lhe custasse, quisera dar ao amigo uma chance.

De Gadelle, passei imperceptivelmente à maioria das pessoas que eu conhecera, pessoas simples, quase todas, de vida aparentemente normal, e que no entanto tiveram, um dia ou outro, que se defrontar com o destino.

Não esqueçam que não são pensamentos de um homem maduro que me esforço por traduzir aqui, mas o percurso do espírito de um garoto, e depois de um adolescente.

Eu via a morte de minha mãe como um drama totalmente estúpido, totalmente *inútil*!

E todos os outros dramas que eu conhecia, todos esses fracassos, mergulhavam-me numa espécie de desespero furioso.

Será que ninguém podia nada? Será que não houve em parte alguma um homem mais inteligente ou mais avisado que os outros – que eu via mais ou menos sob os traços de um médico de família, de um Gadelle que não tivesse fracassado – capaz de dizer com doçura e firmeza:

"Você está no mau caminho. Agindo assim, chegará fatalmente à catástrofe. Seu verdadeiro lugar é aqui e não aí."

Acho que é isso: eu tinha o obscuro sentimento de que muitas pessoas não estavam em seu lugar, que elas se esforçavam por desempenhar um papel que não estava à altura delas, e que portanto a partida, para elas, estava perdida de antemão.

Ninguém pense, por favor, que eu pretendesse ser um dia essa espécie de Deus Pai.

Após ter buscado compreender Gadelle, e depois compreender o comportamento de meu pai em relação a ele, eu continuava a olhar a meu redor fazendo-me as mesmas perguntas.

Um exemplo que provocará risos. Éramos 58 em minha classe, num determinado ano, 58 alunos provenientes de meios diversos, com qualidades, ambições, defeitos diferentes. Pois bem, diverti-me em traçar, de certo modo, o destino ideal de todos os meus colegas, chamando-os, em meu espírito: "O advogado... O coletor de impostos..."

Eu tentava assim, por um tempo, adivinhar como acabariam morrendo as pessoas que me eram próximas.

Compreendem melhor por que tive a idéia de me tornar médico? Nessa época, a palavra polícia, para mim, evocava apenas o guarda de rua. E mesmo tendo ouvido falar de polícia secreta, não fazia a menor idéia do que pudesse ser.

E, de repente, precisei ganhar a vida. Cheguei a Paris sem nem sequer uma vaga noção da carreira que haveria de escolher. Tendo interrompido meus estudos, praticamente não podia esperar outra chance senão trabalhar num escritório, e foi com esse espírito, sem entusiasmo, que passei a ler os pequenos anúncios dos jornais. Meu tio me oferecera, mas em vão, conservar-me na padaria e ensinar-me a profissão.

No pequeno hotel onde eu morava, na *rive gauche*, vivia, no mesmo andar que eu, um homem que me intrigava, um homem de uns quarenta anos em quem reconheci, sabe Deus por quê, uma certa semelhança com meu pai.

No aspecto físico, de fato, era completamente diferente do homem louro e magro, de ombros caídos, que eu sempre vira com as proteções de couro até os joelhos.

Era bem mais baixo, atarracado, de cabelos escuros, com uma calvície precoce que ocultava penteando cuidadosamente os cabelos em direção à testa, e bigodes pretos com pontas torcidas a ferro.

Estava sempre vestido de preto, corretamente, usava um sobretudo com gola de veludo, que explica um outro sobretudo, e uma bengala com cabo de prata maciça.

Creio que a semelhança com meu pai estava em sua compostura, num certo jeito de andar sem nunca apressar o passo, de escutar, de olhar, e também, de certo modo, de se fechar em si mesmo.

O acaso fez com que eu o encontrasse num restaurante a preço fixo do bairro; fiquei sabendo que jantava ali quase diariamente e, sem nenhuma razão precisa, tive vontade de conhecê-lo.

Em vão tentei adivinhar o que ele podia fazer na vida. Devia ser solteiro, pois morava sozinho no hotel. Eu o ouvia levantar-se de manhã e voltar à noite em horas irregulares.

Nunca recebia ninguém, e a única vez em que o vi acompanhado estava conversando, na esquina do bulevar Saint-Michel, com um sujeito tão mal vestido que ninguém hesitaria, na época, em qualificá-lo de vadio.

Eu estava a ponto de arranjar um emprego numa loja de passamanaria da rua des Victoires. Devia apresentar-me no dia seguinte com referências que solicitara por escrito a meus ex-professores.

Naquela noite, no restaurante, movido por não sei qual instinto, decidi levantar-me da mesa bem no momento em que meu vizinho recolocava seu guardanapo, de modo que me vi a segurar-lhe a porta.

Ele devia ter me observado. Talvez tenha adivinhado meu desejo de lhe falar, pois me concedeu um olhar prolongado.

– Obrigado – disse ele.

Depois, como eu permanecesse parado na calçada:

– Vai voltar ao hotel?

– Não sei... acho que sim...

Fazia uma bela noite de fim de outono. O rio não estava distante, e via-se a Lua erguer-se acima das árvores.

– Sozinho em Paris?

– Sim, estou só.

Sem pedir minha companhia, ele a aceitava, admitia-a como um fato consumado.

– Está procurando emprego?

– Como o senhor sabe?

Ele não se deu o trabalho de responder e pôs uma pastilha de eucalipto entre os lábios. Eu logo haveria de compreender por quê. Sofria de mau hálito e sabia disso.

– Vem da província?

– De Nantes, mas sou originário do campo.

Eu falava com confiança. Era praticamente a primeira vez, desde que estava em Paris, que eu encontrava um companheiro, e seu silêncio não me incomodava em absoluto, certamente porque me habituara aos silêncios benevolentes de meu pai.

Já lhe havia contado quase toda a minha história quando nos vimos no Quai des Orfèvres, do outro lado da ponte Saint-Michel.

Diante de uma grande porta entreaberta, ele parou e disse-me:

– Quer esperar um instante? Não demoro mais que alguns minutos.

Um agente de polícia uniformizado estava de sentinela à porta. Depois de esperar, andando pra lá e pra cá, perguntei-lhe:

– Não é o Palácio da Justiça?

– Essa entrada é a do setor da Segurança.

Meu vizinho de andar chamava-se Jacquemain. Era solteiro, de fato, como fiquei sabendo aquela noite enquanto passeávamos ao longo do Sena, atravessando várias vezes as mesmas pontes, tendo quase sempre à vista o maciço Palácio da Justiça.

Era inspetor de polícia e falou-me de sua profissão, brevemente como meu pai o teria feito, com o mesmo orgulho subjacente.

Foi morto três anos mais tarde, antes que eu mesmo chegasse a essa agência do Quai des Orfèvres que passei a ver com tanto prestígio. O fato ocorreu junto à Porte d'Italie, durante uma rixa. Uma bala, que nem sequer lhe era destinada, o atingiu em pleno peito.

Sua fotografia aparece ainda, com outras, num dos quadros que têm no alto a menção: "Morto em serviço."

Ele me falou pouco. Sobretudo escutou. O que não me impediu, por volta das onze da noite, de dizer-lhe com uma voz trêmula de impaciência:

– Acha realmente que é possível?

– Darei uma resposta amanhã à noite.

Não se tratava, evidentemente, de entrar diretamente para a Segurança. Ainda não era a época dos diplomas, e todos deviam começar por baixo.

Minha única ambição era ser aceito, não importa com que título, numa das delegacias de Paris, ser admitido para descobrir eu mesmo uma face do mundo que o inspetor Jacquemain me fizera entrever.

No momento de nos deixarmos, no andar de nosso hotel, que posteriormente foi demolido, ele perguntou:

– Ficará muito aborrecido de vestir o uniforme?

Tive um pequeno choque, confesso, uma breve hesitação que ele percebeu e que não deve ter lhe agradado.

– Não... – respondi em voz baixa.

E vesti o uniforme, não por muito tempo, sete ou oito meses. Como eu tinha pernas compridas e era muito magro, e muito rápido, por estranho que possa parecer hoje, deram-me uma bicicleta e, para ensinar-me a conhecer uma Paris onde a todo instante me perdia, encarregaram-me de entregar a correspondência nas diferentes repartições oficiais.

Simenon contou isso? Não lembro. Durante meses, montado em minha bicicleta, me enfiei entre os fiacres e ônibus de dois andares, ainda puxados por cavalos, que, principalmente quando desciam de Montmartre, me causavam um medo terrível.

Os funcionários ainda usavam sobrecasaca e chapéus altos, e, a partir de um certo grau, ostentavam fraque.

Os agentes, em sua maioria, eram homens de certa idade, geralmente de nariz avermelhado, que eram vistos bebendo nos balcões de bar com cocheiros, e de quem os cancionistas zombavam sem pudor.

Eu não era casado. O uniforme me constrangia para cortejar as garotas, e decidi que minha verdadeira vida só começaria no dia em que entrasse, não mais como mensageiro portador de cartas oficiais, mas como inspetor, pela grande escadaria, no prédio do Quai des Orfèvres.

Quando falei dessa ambição, meu vizinho de andar não sorriu, me olhou com um ar sonhador e murmurou:

– Por que não?

Eu não sabia que iria tão cedo a seu enterro. Meus prognósticos sobre os destinos humanos deixavam a desejar.

CAPÍTULO IV

No qual como os petits-fours *de Anselme e Géraldine, nas barbas da École des Ponts et Chaussées.*

SERÁ QUE MEU PAI, meu avô nunca se perguntaram se poderiam ter sido outra coisa na vida? Tiveram outras ambições? Invejavam uma sorte diferente da deles?

É curioso ter vivido tanto tempo com as pessoas e nada saber do que hoje me parece essencial. Muitas vezes me fiz a pergunta, com a impressão de estar na divisa entre dois mundos totalmente estranhos um ao outro.

Não faz muito tempo falamos disso, Simenon e eu, no meu apartamento do bulevar Richard-Lenoir. Pergunto-me se não era a véspera de sua partida para os Estados Unidos. Ele ficou um tempo parado diante da fotografia ampliada de meu pai, que no entanto viu durante anos na parede da sala de jantar.

Enquanto a examinava com uma atenção particular, lançava-me rápidos olhares perscrutadores, como se quisesse estabelecer comparações, e parecia divagar num devaneio.

– Em suma – acabou por dizer –, você nasceu, Maigret, no meio ideal, no momento ideal da evolução de uma família, para ser um grande funcionário, como diziam outrora, ou, se preferir, um funcionário de alta classe.

Aquilo me tocou porque eu já havia pensado a respeito; de uma forma menos precisa, sobretudo menos pessoal, já observara o número de meus colegas que provinham de famílias camponesas e que depois perderam, aos poucos, o contato direto com a terra.

Simenon prosseguia, quase como se sentisse falta daquilo, como se me invejasse:

– Quanto a mim, estou uma geração à frente. Preciso remontar a meu avô para encontrar o equivalente de seu pai, pois meu pai já era funcionário.

Minha mulher o observava com atenção, procurando compreender, e ele usou um tom mais leve para acrescentar:

– Normalmente eu deveria ter chegado às profissões liberais pela porta dos fundos, por baixo, penando para tornar-me médico de quarteirão, advogado ou engenheiro. Ou então...

– Então o quê?

– Ser um sujeito amargo, um revoltado. É o que acontece com a maioria, necessariamente. Se não, haveria uma pletora de médicos e advogados. Acho que sou da linhagem que fornece o maior número de fracassados.

Não sei por que essa conversa me vem agora, de repente. Provavelmente é porque evoco meus primeiros anos e procuro analisar meu estado de espírito na época.

Estava só no mundo. Acabava de chegar a uma Paris que eu não conhecia e onde a riqueza se mostrava mais ostensivamente do que hoje.

Duas coisas impressionavam: essa riqueza, de um lado, a pobreza, de outro; e eu estava neste segundo lado.

Toda uma sociedade desfrutava, aos olhos da multidão, uma vida de ociosidade refinada, e os jornais comentavam o que faziam essas pessoas que não tinham outras preocupações senão seus prazeres e suas vaidades.

Mas em nenhum momento tive a tentação de me rebelar. Não as invejava. Não queria ser como elas algum dia, não comparava meu destino ao delas.

Para mim, faziam parte de um mundo tão diferente como o de um outro planeta.

Lembro-me de que eu tinha então um apetite insaciável, legendário desde quando era criança. Em Nantes, minha tia gostava de contar que me viu comer, ao voltar do liceu, um pão de meio quilo, o que não me impediu de jantar duas horas depois.

Eu ganhava muito pouco, e minha grande preocupação era satisfazer esse apetite que eu tinha; para mim, o luxo não estava nos terraços dos cafés famosos dos bulevares, nem nas vitrines da rua de la Paix, e sim, mais prosaicamente, no que eu via exposto nas salsicharias.

Nos caminhos que me habituei a percorrer, havia um certo número de salsicharias que me fascinava, e, ainda no tempo em que circulava por Paris de uniforme, montado na bicicleta, eu calculava o tempo de modo a ganhar alguns minutos necessários para comprar e devorar na calçada um salsichão ou uma fatia de torta de carne, com um pão adquirido na padaria ao lado.

Satisfeito o estômago, sentia-me feliz, cheio de confiança em mim. Fazia meu serviço conscienciosamente. Dava importância às menores tarefas que me confiavam. E nem pensava em horas extras. Considerava que todo o meu tempo pertencia à polícia, parecendo-me assim natural que me fizessem trabalhar catorze ou quinze horas seguidas.

Se falo disso, não é para me enaltecer; ao contrário, é justamente porque, em minha lembrança, esse era um estado de espírito comum na época.

Poucos agentes da polícia tinham outra bagagem além de uma instrução primária. Por causa do inspetor Jacquemain, sabia-se, nos altos escalões – mas eu não sabia ainda quem, nem mesmo que alguém sabia –, que eu começara estudos superiores.

Depois de alguns meses, fiquei muito surpreso de ver-me designado a um cargo que me aparecia como inesperado: o de secretário do comissário de polícia do bairro Saint-Georges.

Mas esse cargo, na época, tinha um nome pouco reluzente. Chamava-se ser o cão do comissário.

Tiravam-me a bicicleta, o quepe e o uniforme. Tiravam-me também a possibilidade de parar numa salsicharia durante minhas missões pelas ruas de Paris.

Apreciei particularmente o fato de estar à paisana num dia em que, andando pela calçada do bulevar Saint-Michel, ouvi uma voz me chamar.

Era um rapaz alto, de camisa branca, que corria atrás de mim.

– Jubert! – exclamei.

– Maigret!

– Que faz aqui?

– E você? Escute. Não posso ficar na rua agora. Venha me encontrar às sete da noite à porta da farmácia.

Jubert, Félix Jubert, era um de meus colegas da escola de medicina de Nantes. Eu sabia que interrompera seus estudos ao mesmo tempo em que eu, mas, acredito, por outras razões. Sem ser preguiçoso, tinha o espírito bastante lento, e lembro que diziam dele:

– Estuda para lhe saírem espinhas no cérebro, mas no dia seguinte já esqueceu.

Era muito esguio, anguloso, com um nariz comprido, traços marcados, cabelos ruivos, e sempre vi seu rosto coberto não das pequenas espinhas que desesperam os jovens, mas de grandes erupções vermelhas ou violeta que ele passava o tempo a cobrir de pomadas e pós medicamentosos.

Fui esperá-lo na mesma noite, na farmácia onde trabalhava havia algumas semanas. Não tinha familiares em Paris. Vivia, para os lados do Cherche-Midi, na casa de pessoas que aceitavam dois ou três pensionistas.

– E você, o que faz?

– Entrei para a polícia.

Revejo seus olhos violeta, claros como olhos de rapariga, que tentavam ocultar a incredulidade. Sua voz era muito engraçada quando repetiu:

– A polícia?

Olhou meu terno, buscou involuntariamente com os olhos o policial de plantão na esquina, como para estabelecer uma comparação.

– Sou secretário do comissário.

– Ah! sim. Compreendo!

Foi por respeito humano? Não terá sido mais por incapacidade de explicar-me e por causa de sua incapacidade de compreender? Não lhe confessei que, três semanas antes, eu vestia ainda o uniforme e que minha ambição era entrar para a Segurança.

Secretário, aos olhos dele, aos olhos de muita gente, era perfeito, era honroso; eu estava bem-vestido, num escritório, diante de livros, uma caneta à mão.

– Você tem muitos amigos em Paris?

Com exceção do inspetor Jacquemain, eu não conhecia, por assim dizer, ninguém, pois na delegacia ainda era um novato que observavam a distância.

– Nem mesmo uma namorada? Que faz do seu tempo livre?

Em primeiro lugar, não tinha muito tempo livre. Além disso eu estudava, pois, para atingir mais depressa meu objetivo, decidira prestar os exames que acabavam de ser instituídos.

Jantamos juntos, naquela noite. Já na sobremesa, ele me dizia, com um ar promissor:

– Será preciso que eu o apresente.

– A quem?

– Pessoas muito finas. Amigos. Você vai ver.

Não se explicou mais no primeiro dia. E, não sei por quê, ficamos várias semanas sem nos ver. Eu poderia nunca mais tornar a vê-lo. Não lhe havia fornecido meu endereço, não tinha o dele. E não me ocorreu a idéia de esperá-lo à saída de sua farmácia.

Foi também um acaso que nos colocou frente a frente, à porta do Théâtre-Français, onde os dois estávamos na fila.

– É absurdo! – ele me disse. – Achava que o havia perdido. Não sei sequer em qual delegacia você trabalha. Falei de você a meus amigos.

Ele tinha um jeito de falar desses amigos que fazia parecer que era um clã fechado, quase uma seita misteriosa.

– Você tem uma casaca, pelo menos?

– Tenho uma.

Desnecessário acrescentar que era a casaca de meu pai, um pouco fora de moda, pois lhe servira para o casamento, que eu mandara ajustar.

– Eu vou levar você na sexta-feira. Dê um jeito de estar de folga, sem falta, sexta às oito da noite. Sabe dançar?

– Não.

– Não tem importância. Mas seria preferível tomar algumas lições. Conheço um bom curso, não é caro. Já fui lá.

Desta vez ele teve o cuidado de anotar meu endereço e mesmo do pequeno restaurante onde eu tinha o hábito de jantar quando estava de folga, e na sexta à noite veio ao meu quarto, sentou em minha cama enquanto eu me vestia.

– É melhor que eu explique a você, para que não cometa gafes. Nós seremos os únicos, você e eu, a não pertencer à École des Ponts et Chaussées*. Foi um primo distante meu, que reencontrei por acaso, quem me introduziu. O sr. e a sra. Léonard são encantadores. E a sobrinha deles é a mais deliciosa das garotas.

Compreendi em seguida que ele estava enamorado, e que era para mostrar-me o objeto de sua paixão que me levava quase à força.

– Há outras, não se preocupe – ele prometeu. – E muito agradáveis.

Como chovia e era importante não chegarmos enlameados, tomamos um fiacre, o primeiro que tomei em Paris sem uma razão profissional. Revejo nossos plastrões brancos quando passávamos diante dos lampiões a gás. E revejo Félix Jubert deter o veículo diante de uma florista a fim de ornar nossas lapelas.

– O velho Léonard – ele me explicou –, Anselme, como o chamam, está aposentado há uns dez anos. Antes disso, era um dos mais altos funcionários da École des Ponts et Chaussées, e seus sucessores ainda vêm consultá-lo. O pai de sua sobrinha também pertence à administração da Ponts et Chaussées. E, por assim dizer, toda a família.

Pela maneira como falava dessa administração, percebia-se que, para Jubert, aquilo era de certo modo

---

* Fundada em 1747 por Luís XV, essa escola está ligada ao serviço público encarregado principalmente da construção e conservação de vias públicas. (N.T.)

o paraíso perdido, que ele lamentava ter desperdiçado preciosos anos a estudar medicina e que daria tudo para se lançar na carreira.

– Você vai ver!

E eu vi. Era no bulevar Beaumarchais, não distante da praça da Bastilha, num prédio já antigo, mas confortável, bastante rico. Todas as janelas do terceiro andar estavam iluminadas, e o olhar de Jubert, ao descer do fiacre, indicou-me claramente que era lá que iam se passar as mundanidades anunciadas.

Eu não estava muito à vontade. Lamentava ter me deixado levar. A ponta do colarinho me incomodava; tinha a impressão de que minha gravata punha-se a todo momento de atravessado e que uma das abas de minha casaca se erguia como a crista de um galo.

A escada era pouco iluminada, os degraus, cobertos de um tapete carmesim que me pareceu suntuoso. E, nas janelas dos andares, havia vitrais que por muito tempo considerei como a última palavra em matéria de refinamento.

Jubert passara uma camada mais espessa de ungüento no rosto cheio de erupções e, não sei por quê, isso lhe dava reflexos violeta. Ele puxou religiosamente uma grande borla que pendia diante da porta. Ouvíamos, no interior, um murmúrio de conversas, com aquele leve agudo nas vozes e nos risos que indica a animação de uma reunião mundana.

Uma empregada de avental branco veio nos abrir a porta, e Félix, estendendo seu sobretudo, ficou muito feliz de pronunciar, como um conhecido da casa:

– Boa noite, Clemence.

– Boa noite, sr. Félix.

A sala era bastante grande, não muito iluminada, com uma profusão de tapeçarias escuras e, na peça vizinha, visível por uma grande baia envidraçada, os móveis tinham sido encostados contra as paredes de modo a deixar o parquê livre para as danças.

Protetor, Jubert conduzia-me em direção a uma velha senhora de cabelos brancos sentada ao lado da lareira.

– Apresento-lhe meu amigo Maigret, de quem tive a honra de lhe falar e que ardia de desejo para trazer pessoalmente suas homenagens.

Certamente ele repetira a frase ao longo do caminho e certificava-se de que eu cumprimentava convenientemente, que não estava constrangido demais e, em suma, que era digno dele.

A velha senhora era elegante, miúda, de traços finos e rosto vivo, mas fiquei desconcertado quando me disse com um sorriso:

– Por que não está na Ponts et Chaussées? Estou certa de que Anselme irá lamentar.

Chamava-se Géraldine. Anselme, seu marido, estava sentado numa outra poltrona, tão imóvel como se o tivessem trazido até ali, para expô-lo como uma figura de cera. Estava muito velho. Fiquei sabendo mais tarde que já ultrapassara em muito os oitenta anos, e que Géraldine atingira essa idade.

Alguém tocava piano em surdina, um rapaz gordo com uma casaca apertada, a quem uma moça vestida de azul-claro virava as páginas. Pude vê-la apenas de costas. Quando me apresentaram a ela, não ousei olhá-la no rosto, tamanha era a minha confusão de estar ali, de não saber o que dizer nem onde me meter.

Não haviam começado a dançar. Numa mesinha de centro, havia um prato com *petits-fours* secos, e um pouco mais tarde, tendo Jubert me abandonado à minha sorte, me aproximei dali, ainda hoje não sei por quê, não por gula, certamente, pois não tinha fome e nunca gostei de *petits-fours*, provavelmente para dissimular meu aborrecimento.

Peguei um, maquinalmente. Depois outro. Alguém fez:

– Psiu!...

E uma segunda moça, esta de rosa e levemente estrábica, pôs-se a cantar, de pé ao lado do piano, no qual se apoiava com uma das mãos enquanto com a outra manejava um leque.

Eu continuava comendo. Não me dei conta. Muito menos percebi que a velha senhora me observava com estupor, e depois que outros, reparando no que eu fazia, não desgrudavam mais de mim o olhar.

Um dos rapazes fez a meia voz uma observação ao vizinho e ouviu-se novamente:

– Psiu!...

As moças podiam ser contadas pelas manchas claras entre as casacas escuras. Eram quatro. Jubert, ao que parece, tentava inutilmente chamar minha atenção, aflito de me ver pegar os *petits-fours* um a um e comê-los conscienciosamente. Mais tarde confessou que teve pena de mim, convencido de que eu não jantara.

Outros devem ter pensado o mesmo. Terminada a canção, a moça de rosa agradeceu e todos aplaudiram. Foi então que notei que era a mim que olhavam, de pé ao lado da mesinha de centro, com a boca cheia, um biscoitinho na mão.

Por pouco não fui embora sem me desculpar, batendo em retirada, fugindo literalmente desse apartamento onde se encontrava uma gente que me era totalmente estranha.

Naquele momento, na penumbra, avistei um rosto, o rosto da moça de azul, e, nesse rosto, uma expressão suave, confortadora, quase familiar. Parecia que ela compreendera e me encorajava.

A empregada entrou com refrescos e, após ter comido tanto, inoportunamente, não ousei pegar um copo quando me ofereceram.

– Louise, passe os *petits-fours* entre os convidados.

Foi assim que fiquei sabendo que a moça de azul chamava-se Louise e que era a sobrinha do sr. e da sra. Léonard.

Ela serviu a todos antes de se aproximar de mim e, indicando-me uns biscoitinhos nos quais havia um pedaço de fruta em conserva, disse-me com um olhar cúmplice:

– Eles deixaram os melhores. Experimente esses.

Tudo o que eu soube dizer foi:

– Você acha?

Foram as primeiras palavras que nos trocamos, a sra. Maigret e eu.

*

Daqui a pouco, quando ler o que estou escrevendo, sei muito bem que ela vai murmurar, alçando os ombros:

– Para que contar isso?

No fundo, ela está encantada com a imagem que Simenon traçou dela, imagem de boa dona de casa, sempre na cozinha, sempre polindo, sempre afagando seu marido. Suspeito até que foi por causa dessa imagem que ela logo lhe manifestou uma real amizade, a ponto de considerá-lo como da família e de defendê-lo quando eu o atacava.

No entanto, como todos os retratos, também esse está longe de ser exato. Quando a conheci, nessa famosa noite, era uma moça um pouco rechonchuda, com um frescor no rosto e um brilho no olhar que não se via no de suas amigas.

O que teria acontecido se eu não tivesse comido os biscoitinhos? É bem possível que não tivesse reparado em mim entre os dez ou doze rapazes que estavam lá, todos eles, exceto meu amigo Jubert, ligados à Ponts et Chaussées.

Essas três palavras, "Ponts et Chaussées", conservaram para nós um sentido quase cômico, e basta que um de nós as pronuncie para fazer-nos sorrir; se as ouvimos em alguma parte, não podemos deixar, mesmo agora, de trocar um olhar malicioso.

O correto seria dar aqui toda a genealogia dos Schoëller, dos Kurt e dos Léonard, na qual estou há muito enredado, e que representa a família "do lado de minha mulher", como dizemos.

Se forem à Alsácia, de Strasbourg a Mulhouse, provavelmente ouvirão falar deles. Um Kurt, de Scharrachbergheim, teria sido o primeiro a estabelecer, sob Napoleão, a tradição quase dinástica da Ponts et Chaussées. Parece que foi famoso em seu tempo, aliou-se aos Schoëller que pertenciam à mesma administração.

Depois os Léonard entraram na família e, de pai a filho, de irmão a cunhado ou primo, todos ou quase todos fazem parte da mesma corporação, a ponto de considerarem como uma decadência o fato de um Kurt ter-se tornado um dos maiores cervejeiros de Colmar.

Tudo isso, eu apenas adivinhava naquela noite, graças às poucas indicações que Jubert me dera.

E quando saímos, debaixo de chuva, não pegando desta vez um fiacre, que aliás teríamos tido dificuldade de encontrar no bairro, eu também não estava longe de lamentar ter escolhido mal minha carreira.

– Então, o que achou?

– De quê?

– De Louise! Não quero recriminar você, mas a situação foi constrangedora. Viu com que tato ela o colocou à vontade, sem parecer que o fazia? É uma moça surpreendente. Alice Perret é mais brilhante, mas...

Eu não sabia quem era Alice Perret. Das que estavam na festa, conheci apenas a moça de azul-claro, que, entre uma dança e outra, vinha conversar comigo.

– Alice é a que cantou. Acho que não demora a noivar com o rapaz que a acompanhou, Louis, cujos pais são muito ricos.

Despedimo-nos bastante tarde, aquela noite. A cada chuvarada entrávamos num bistrô ainda aberto para beber um café e nos abrigar. Félix não queria me deixar, falando muito de Louise, tentando forçar-me a reconhecer que era a mulher ideal.

– Sei que não tenho muitas chances. É porque os pais gostariam de achar-lhe um marido da Ponts et Chaussées que a enviaram à casa do tio Léonard. Em Colmar ou em Mulhouse não há outros disponíveis, ou então já pertencem à família. Faz dois meses que ela chegou. Deve passar todo o inverno em Paris.

– Ela sabe?

– O quê?

– Que estão procurando um marido para ela na Ponts et Chaussées?

– Claro. Mas para ela tanto faz. É uma moça de muita personalidade, bem mais do que se pode imaginar. Você não teve tempo de apreciá-la. Na sexta-feira que vem, procure falar mais com ela. Se soubesse dançar, seria mais fácil. Por que não toma duas ou três lições até lá?

Não tomei lições de dança. Felizmente. Pois Louise, ao contrário do que pensava o bom Jubert, detestava ficar girando nos braços de um cavalheiro.

Foi duas semanas depois que ocorreu um pequeno incidente ao qual, na hora, dei uma grande importância – e que talvez tivesse, mas num sentido diferente.

Os jovens engenheiros que freqüentavam a casa dos Léonard formavam um grupo à parte, empregando entre si palavras que só tinham sentido para os que pertenciam à confraria.

Será que eu os detestava? É provável. E não gostava da insistência com que me chamavam comissário de polícia. Aquilo virou uma brincadeira que me cansava.

– E aí, comissário... – diziam-me de uma ponta à outra da sala.

Pois bem, nesse dia, enquanto Jubert e Louise conversavam num canto, perto de uma planta verde que ainda recordo, um rapazinho de óculos se aproximou deles e confiou-lhes algo em voz baixa, com um olhar divertido em minha direção.

Alguns instantes depois, perguntei a meu amigo:

– Que foi que ele contou?

E Jubert, constrangido, evasivo:

– Nada.

– Uma maldade?

– Falarei disso lá fora.

O rapaz de óculos repetiu a brincadeira em outros grupos, e todos pareciam divertir-se muito à minha custa.

Todos menos Louise, que nessa noite recusou várias danças e passou a conversar comigo.

Quando saímos, interroguei Félix:

– O que ele disse?

– Primeiro responda francamente. O que você fazia antes de ser secretário do comissário?

– Bem... eu estava na polícia...

– Com um uniforme?

Eis aí o ponto! O sujeito de óculos teria me reconhecido por ter me visto em traje de guarda de rua.

Imaginem agora um agente de polícia em meio àqueles senhores da Ponts et Chaussées!

– E ela, o que disse? – perguntei, com a garganta apertada.

– Foi muito chique, ela sempre é muito chique. Não vai acreditar.

Pobre velho Jubert!

– Ela replicou que o uniforme certamente ficava bem melhor em você do que teria ficado nele.

Mesmo assim não fui ao bulevar Beaumarchais na sexta-feira seguinte. Evitei encontrar Jubert. Foi ele que, quinze dias depois, veio me procurar.

– Ficaram preocupados com você, na sexta-feira.

– Quem?

– A sra. Léonard. Perguntou se você estava doente.

– Estive muito ocupado.

Eu estava certo de que se a sra. Léonard falara de mim é porque sua sobrinha...

Deixa isso pra lá! Não acho útil entrar nesses detalhes. Já terei bastante dificuldade em fazer com que tudo o que acabo de escrever não vá para o cesto de lixo.

Durante cerca de três meses, Jubert desempenhou seu papel sem suspeitar de nada, aliás, sem que de modo nenhum tentássemos enganá-lo. Era ele que vinha me buscar no hotel e me fazia o nó da gravata sob pretexto de que eu não sabia me vestir. Era ele também que me dizia, quando me via sozinho num canto da sala:

– Você devia conversar com Louise, não está sendo cortês.

Era ele que, quando saíamos, insistia:

– Está enganado em pensar que não é do interesse dela. Ao contrário, ela gosta muito de você. Sempre me faz perguntas a seu respeito.

Perto do Natal, a amiga um pouco estrábica noivou com o pianista e eles não foram mais vistos no bulevar Beaumarchais.

Não sei se a atitude de Louise começava a desestimular os outros, se éramos menos discretos do que acreditávamos ser. O fato é que, a cada sexta-feira, era um pouco menor o número dos que vinham à casa de Anselme e Géraldine.

A grande explicação com Jubert ocorreu em fevereiro, em meu quarto. Naquela sexta-feira ele não estava de casaca, reparei de imediato. Tinha o ar amargo e resignado de algumas grandes figuras teatrais da Comédie-Française.

– Vim, *apesar de tudo,* fazer o nó da sua gravata! – ele me disse com um esgar.

– Não está livre hoje?

– Ao contrário, estou completamente livre, livre como o ar, livre como nunca estive.

E, de pé diante de mim, com a gravata branca na mão, o olhar mergulhando no meu:

– Louise me disse tudo.

Caí das nuvens. Pois a mim ela ainda não dissera nada, e eu também nada dissera a ela.

– De que está falando?

– De vocês dois.

– Mas...

– Perguntei a ela. Fui vê-la com esse propósito, ontem.

– Mas perguntou o quê?

– Perguntei se queria casar comigo.

– Ela respondeu que não?

– Respondeu que não, que gostava muito de mim, que eu continuaria sendo seu melhor amigo, mas que...

– Ela falou de mim?

– Não exatamente.

– Então?

– Eu compreendi! Devia ter compreendido desde a primeira noite, quando você comia os *petits-fours* e ela o olhava com indulgência. Quando as mulheres olham com indulgência um homem que se comporta como você estava se comportando...

Pobre Jubert! Nós o perdemos de vista quase em seguida, como perdemos de vista todos aqueles cavalheiros da Ponts et Chaussées, com exceção do tio Léonard.

Durante anos não mais soubemos o que fora feito dele. E eu tinha uns cinqüenta anos quando, certo dia, na Canebière, em Marselha, entrei numa farmácia para comprar aspirina. Não tinha lido o nome na fachada. Ouvi uma exclamação:

– Maigret!

– Jubert!

– O que tem feito? Bobagem fazer essa pergunta a você, pois há muito estou sabendo pelos jornais. Como vai Louise?

Depois me falou de seu filho mais velho que, por uma gentil ironia do destino, se preparava para prestar exames na Ponts et Chaussées.

*

Com Jubert a menos no bulevar Beaumarchais, os saraus de sexta-feira tornavam-se cada vez mais espaçados, e com freqüência, agora, não havia ninguém para tocar piano. Nessas ocasiões, era Louise que tocava, e eu ficava virando as páginas, enquanto um casal ou dois dançavam na sala de estar, agora muito espaçosa.

Não creio ter perguntado a Louise se ela aceitava casar comigo. Na maior parte do tempo, falávamos de minha carreira, da polícia, da profissão de inspetor.

Disse-lhe quanto eu ganharia quando fosse finalmente nomeado para o Quai des Orfèvres, acrescentando que isso levaria ainda pelo menos três anos e que, até lá, meu ordenado não daria para manter dignamente uma família.

Contei-lhe também as duas ou três conversas que tivera com Xavier Guichard, já então o chefe, que não havia esquecido meu pai e que me tomara mais ou menos sob sua proteção.

– Não sei se gosta de Paris. Pois, compreenda, serei obrigado a passar toda a minha vida em Paris.

– Aqui se pode ter uma existência tão tranqüila quanto no interior, não é mesmo?

Enfim, numa sexta-feira, não encontrei nenhum dos convidados, apenas Géraldine, que veio ela mesma abrir a porta, vestida de seda preta, e que me disse com uma certa solenidade:

– Entre!

Louise não estava na sala. Não havia mesa com biscoitinhos, nem refrescos. A primavera havia chegado, e tampouco se via fogo na lareira. Eu não encontrava nada onde me agarrar e conservei o chapéu na mão, incomodado com minha casaca, meus sapatos envernizados.

– Diga-me, jovem, quais são suas intenções?

Esse foi provavelmente um dos momentos mais penosos de minha vida. A voz me parecia seca, acusadora. Eu não ousava levantar os olhos e via apenas, no tapete com ramagens, a borda de um vestido preto, a extremidade de um calçado muito pontudo que sobressaía. Minhas orelhas ardiam.

– Eu juro para a senhora... – balbuciei.

– Não estou pedindo que jure. Pergunto se tem a intenção de esposá-la.

Finalmente olhei para ela e acredito jamais ter visto um rosto de velha senhora exprimir tão afetuosa malícia.

– Mas é claro!

Parece – foi o que me contaram várias vezes depois – que me empertiguei como um boneco de mola, que repeti com voz mais forte:

– Claro!

Cheguei quase a bradar, uma terceira vez:

– Claro, ora essa!

Ela nem sequer elevou a voz para chamar:

– Louise!

E esta, que se mantinha atrás de uma porta entreaberta, entrou, muito desajeitada, tão vermelha quanto eu:

– Que foi que eu falei? – disse a tia.

– Por quê? – intervim. – Ela não acreditava?

– Eu não tinha certeza. A tia é que...

Deixemos isso de lado, pois estou convencido de que a censura conjugal cortaria a passagem.

Quanto ao velho Léonard, devo dizer que mostrou menos entusiasmo e nunca me perdoou o fato de não pertencer à Ponts et Chaussées. Muito velho, quase centenário, pregado na poltrona por suas enfermidades, sacudia a cabeça ao me olhar, como se dali por diante houvesse algo em descompasso na marcha do mundo.

– Terá de pedir uma dispensa para ir a Colmar. Que tal nos feriados da Páscoa?

Foi a velha Géraldine que escreveu aos pais de Louise, várias vezes – para prepará-los para o choque, como ela dizia –, a fim de dar-lhes a notícia.

Na Páscoa, obtive não mais que 48 horas de folga. Passei a maior parte do tempo nos trens, que não eram tão rápidos quanto hoje.

Fui recebido corretamente, sem delírio.

– O melhor meio de saber se as intenções de ambos são sérias é manterem-se afastados um do outro por algum tempo. Louise ficará aqui neste verão. No outono, o senhor virá nos ver.

– Posso escrever a ela?

– Sem exagero. Por exemplo, uma vez por semana.

Isto, agora, parece estranho, mas não era de modo algum naquele tempo.

Eu me prometera, sem que houvesse nisso a menor ferocidade oculta, escolher Jubert como padrinho. Quando fui procurá-lo na farmácia do bulevar Saint-Michel, não estava mais lá e não sabiam o que fora feito dele.

Passei uma parte do verão em busca de um apartamento e achei o do bulevar Richard-Lenoir.

– Até encontrar algo melhor, compreende? Quando eu for nomeado inspetor...

CAPÍTULO V

Que trata, um pouco misturadamente, de sapatos ferrados, apaches*, *prostitutas, saídas de aquecimento, rondas de rua e estações ferroviárias.*

HÁ ALGUNS ANOS falou-se, entre alguns, de fundar uma espécie de clube, que devia chamar-se o "Almoço dos sapatos ferrados". De qualquer modo, vários se reuniram para um aperitivo, na Brasserie Dauphine. Discutiu-se a fim de saber quem seria ou não seria admitido. E perguntou-se muito a sério se os da outra casa, quero dizer, da rua de Saussaies, seriam considerados como dos nossos.

Depois, como era de esperar, as coisas ficaram por aí. Naquela época, éramos ainda pelo menos quatro, entre os comissários da Polícia Judiciária, a ter bastante orgulho do nome "sapatos ferrados" que nos fora dado outrora pelos cancionistas, e que alguns jovens inspetores recém-saídos das escolas empregavam às vezes entre si para designar os mais antigos que passaram pela repartição.

---

* Nome dado a jovens delinqüentes da periferia de Paris. (N.T.)

De fato, antigamente eram necessários muitos anos para adquirir seus galões, e os exames não bastavam. Um inspetor, antes de esperar a promoção, devia ter passado mais ou menos por todos os serviços.

Não é fácil dar às novas gerações uma idéia mais ou menos exata do que isso significava.

"Sapatos ferrados" e "bigodões", essas expressões vinham naturalmente aos lábios quando se falava da polícia.

E confesso que eu também, durante anos, usei sapatos ferrados. Não por gosto. Não, como os caricaturistas pareciam insinuar, porque considerássemos esses calçados o máximo da elegância e do conforto, mas por razões mais concretas.

Duas razões, exatamente. A primeira é que nosso ordenado mal nos permitia, como dizíamos, amarrar as duas pontas. Ouço com freqüência falarem da vida alegre, despreocupada, dos primeiros anos do século. Os jovens citam com inveja os preços dessa época, o charuto Havana a dois vinténs, o almoço com vinho e café a vinte.

O que esquecem é que, no começo da carreira, um funcionário ganhava pouco menos de cem francos*.

Quando eu estava no serviço de rua, percorria, em minha jornada, que era geralmente de treze ou catorze horas, quilômetros e quilômetros debaixo de qualquer tempo.

De modo que o problema da conservação dos calçados foi um dos nossos primeiros problemas con-

* O equivalente, hoje, a cerca de trezentos euros. (N.T.)

jugais. Quando, no fim do mês, trazia o salário para minha mulher, ela o separava num certo número de partes.

– Para o açougue... para o aluguel... para o gás...

E não sobrava quase nada para o resto.

– Para os seus sapatos.

Havia sempre o sonho de adquirir novos, mas permaneceu por muito tempo um sonho. Muitas vezes, passei semanas sem confessar a ela que, entre os pregos, minhas solas porosas bebiam avidamente a água da chuva.

Se falo assim não é por rancor; ao contrário, é alegremente, e acho isso necessário para dar uma idéia da vida de um funcionário da polícia.

Não existiam táxis, e mesmo que houvesse muitos nas ruas eles nos teriam sido inacessíveis, como o eram os fiacres, que utilizávamos só em raras circunstâncias.

De resto, na Brigada da via pública, nossa função era justamente percorrer as ruas, andar no meio da multidão, da manhã à noite ou da noite à manhã.

Por que, quando torno a pensar nisso, tenho sobretudo uma lembrança de chuva? Como se durante anos tivesse apenas chovido, como se naquela época as estações não fossem as mesmas. É evidentemente porque a chuva acrescentava a nossas tarefas algumas provações suplementares. Não eram apenas os calçados que se encharcavam. Eram os ombros do capote que se transformavam aos poucos em compressas frias, o chapéu que pingava, as mãos azuladas que afundávamos nos bolsos.

As ruas eram menos iluminadas do que hoje. Algumas, na periferia, não eram pavimentadas. À noite, as janelas desenhavam na escuridão quadrados amarelados, as casas eram ainda em grande parte iluminadas a querosene, quando não, mais pobremente ainda, a vela.

E havia os *apaches*.

Era moda, em volta das antigas fortificações, assaltar a faca, na sombra, e nem sempre pelo lucro, pela carteira ou pelo relógio do burguês.

Tratava-se principalmente de provar a si mesmo que se era um homem, um "terror", de assustar as prostitutas de saia preta plissada e cabelo preso em coque que faziam o *trottoir* sob um bico de gás.

Não andávamos armados. Contrariamente ao que o público imagina, um policial à paisana não tem o direito de portar revólver no bolso, e, se em alguns casos o portamos, é contra os regulamentos e sob nossa inteira responsabilidade.

Os jovens não podiam se permitir isso. Havia algumas ruas, do lado de La Vilette, de Ménilmontant, da Porte d'Italie, onde hesitávamos em entrar e onde o ruído de nossos próprios passos nos fazia às vezes bater mais forte o coração.

O telefone permaneceu também por muito tempo um mito inacessível a nossos orçamentos. Não havia como, quando me atrasava várias horas, dar um telefonema à minha mulher para avisá-la, de modo que ela passava noites solitárias, sob a lâmpada a gás de nossa sala, espreitando os ruídos na escada e reaquecendo quatro ou cinco vezes o mesmo jantar.

Quanto aos bigodes das caricaturas, são verdadeiros também. Um homem sem bigodes não era tido por um lacaio?

Os meus eram bastante compridos, cor de mogno, um pouco mais escuros que os de meu pai, terminados em pontas afiladas. Posteriormente diminuíram de tamanho até parecerem escovas de dentes, antes de desaparecerem por completo.

Aliás, é fato que os inspetores, em sua maior parte, usavam grossos bigodes pretos como graxa, tal como se vê nas caricaturas. Isto se deve a que, por uma razão misteriosa, durante um tempo a profissão atraiu principalmente os originários do Maciço Central.

Há poucas ruas de Paris nas quais não gastei a sola dos sapatos, de olhos à espreita, e aprendi a conhecer a gente miúda das calçadas, desde o mendigo, o tocador de realejo e a vendedora de flores até o especialista do conto-do-vigário e o batedor de carteiras, incluindo a prostituta e a velha bêbada que passam a maioria de suas noites nas delegacias de polícia.

"Fiz" os Halles, a Place Maubert, as margens do Sena e as margens debaixo das pontes.

"Fiz" também as multidões, que dão mais trabalho, as feiras da Place du Trône e de Neuilly, as corridas de cavalo em Longchamp e as manifestações patrióticas, os desfiles militares, as visitas de soberanos estrangeiros, os cortejos em carruagem, os circos ambulantes e o mercado das pulgas.

Depois de alguns meses, alguns anos nessa função, temos na cabeça um repertório imenso de silhuetas e de rostos que ficam ali, gravados para sempre.

Eu gostaria – mas é difícil – de dar uma idéia aproximada de nossas relações com essa clientela, inclusive com aqueles que levávamos periodicamente para trás das grades.

Desnecessário dizer que o lado pitoresco logo deixou de existir para nós. Nosso olhar, nas ruas de Paris, torna-se necessariamente um olhar profissional, que se apega a certos detalhes familiares, percebe essa ou aquela particularidade e daí tira suas conclusões.

O que mais me toca, no momento de abordar este assunto, é a ligação que se estabelece entre o policial e a caça que ele é encarregado de perseguir. Salvo casos muito raros, há no policial, antes de mais nada, uma ausência absoluta de ódio ou mesmo de rancor.

Ausência de piedade também, no sentido que habitualmente se dá a essa palavra.

Nossas relações, se quiserem, são estritamente profissionais.

Vemos coisas demais, como se compreenderá sem dificuldade, para ainda nos espantarmos com certas misérias e certas perversões. E assim não temos cólera em relação às segundas, mas tampouco, diante das primeiras, o aperto de coração do passante desprevenido.

O que existe, o que Simenon tentou mostrar sem conseguir, é, por paradoxal que possa parecer, uma espécie de espírito de família.

Não me façam dizer o que eu não disse. É óbvio que estamos em lados diferentes da barricada. Mas, até certo ponto, também estamos na mesma situação.

A prostituta do bulevar de Clichy e o inspetor que a vigia têm, ambos, os calçados em mau estado, e ambos sentem dores nos pés por terem percorrido quilômetros de asfalto. Suportam a mesma chuva, o mesmo vento gelado. O entardecer e a noite têm, para eles, a mesma cor, e ambos vêem, quase com um olhar idêntico, o avesso da multidão que passa a seu redor.

O mesmo acontece numa feira onde o punguista se esgueira no meio da multidão. Para ele, uma feira, uma reunião qualquer de centenas de indivíduos significa não folguedos, cavalos de madeira, circos de lona ou broas de mel, mas um certo número de carteiras em bolsos inocentes.

Para o policial também. E tanto um como o outro reconhecem à primeira vista o forasteiro contente de si que será a vítima ideal.

Quantas vezes não segui durante horas um certo batedor de carteiras conhecido, o Fininho, por exemplo, como o chamávamos! Ele sabia que eu estava no seu encalço, que espiava seus menores gestos. Ele sabia que eu sabia. De minha parte, eu sabia que ele sabia que eu estava lá.

Seu ofício era apropriar-se indevidamente de uma carteira ou de um relógio, o meu era impedi-lo ou pegá-lo em flagrante.

Pois bem, às vezes o Fininho se virava e sorria para mim, e eu sorria para ele. Sucedia-lhe até dirigir-me a palavra, suspirar:

– Tá difícil!

Eu não ignorava que ele vivia "na maior dureza", que só comeria à noite se fosse bem-sucedido.

Também ele não ignorava meus cem francos de ordenado mensal, meus sapatos furados e minha mulher que me esperava com impaciência.

Este, eu detive pelos menos umas dez vezes, dizendo-lhe gentilmente:

– Te peguei!

E ele sentia-se quase tão aliviado quanto eu.

Isto queria dizer que comeria na delegacia e dormiria abrigado. Há alguns que conhecem tão bem a casa que perguntam:

– Quem está de plantão esta noite?

Porque alguns os deixam fumar, outros não.

Durante um ano e meio, a rua me pareceu um lugar ideal, pois a seguir me designaram para os grandes magazines.

Em vez da chuva, do frio, do sol, da poeira, eu passava os dias num ambiente superaquecido, com cheiro de lã de carneiro, algodão, linóleo e fios tratados.

Havia então, de distância em distância, nos corredores que separavam as prateleiras, saídas de aquecimento que nos lançavam lufadas secas e ardentes. Era muito bom quando estávamos molhados. Instalávamo-nos junto a uma dessas bocas de calor e exalávamos a seguir uma nuvem de vapor.

Depois de algumas horas, preferíamos ficar junto às portas, que, ao se abrirem, deixavam penetrar um pouco de oxigênio.

Era importante aparentar naturalidade. Ter a aparência de um cliente! O que não é muito fácil, convenhamos, quando todo um andar está atulhado de sutiãs, *lingerie* e peças de seda.

– Posso pedir que me acompanhe sem fazer escândalo?

Algumas compreendiam de imediato e nos acompanhavam sem dizer uma palavra até o escritório do diretor. Outras reagiam com arrogância, respondiam com voz estridente ou ainda simulavam uma crise de nervos.

No entanto lidávamos, aqui também, com uma clientela regular. Fosse no Bon Marché, no Louvre ou no Printemps, reencontrávamos algumas silhuetas familiares, mulheres de meia-idade em sua maior parte, que enfiavam quantidades inimagináveis de mercadorias diversas num bolso disposto entre o vestido e a anágua.

Retrospectivamente, um ano e meio não me parece muito tempo. Na época, porém, cada hora me parecia tão longa como na sala de espera de um dentista.

– Você estará nas Galeries, hoje à tarde? – perguntava-me às vezes minha mulher. – Tenho justamente umas coisinhas a comprar lá.

Não nos falávamos. Fingíamos não nos reconhecer. Era delicioso. Eu me alegrava de vê-la ir, muito faceira, de prateleira a prateleira, dirigindo-me às vezes um discreto piscar de olhos.

Não creio que alguma vez ela se tenha perguntado, ela também, se seu marido poderia ter sido outra coisa que não um inspetor de polícia. Conhecia os nomes de todos os meus colegas, falava familiarmente dos que nunca tinha visto, de suas manias, de seus sucessos ou de seus fracassos.

Levei anos até decidir-me, num domingo de manhã em que estava de plantão, a introduzi-la na famosa casa do Quai des Orfèvres, e ela não se surpreendeu. Andava como se estivesse em casa, buscava com os olhos detalhes que conhecia bem de ouvir falar.

Sua única reação foi:

– É menos sujo do que eu supunha.

– Por que seria sujo?

– Os lugares onde vivem apenas homens nunca primam pela limpeza. E eles têm um cheiro.

Não a levei ao calabouço, onde, em matéria de cheiro, ela estaria bem servida.

– De quem é este lugar, aqui, à esquerda?

– De Torrence.

– Aquele que é gordo? Eu devia ter suspeitado. Ele é como uma criança. Ainda se diverte em gravar suas iniciais na madeira da mesa.

"E aquele que caminhou tanto, o velho Lagrume?"

Já que falei de sapatos, devo contar a história que compadecera minha mulher.

Lagrume, o velho Lagrume, como o chamávamos, era o mais velho de todos nós, embora nunca tenha ultrapassado o grau de inspetor. Era um homem esguio e triste. No verão, sofria de rinite alérgica e, com a chegada dos primeiros frios, sua bronquite crônica dava-lhe uma tosse cavernosa que se escutava de uma ponta à outra das salas da Polícia Judiciária.

Ainda bem que ele não costumava ficar lá. Tivera a imprudência de dizer um dia, ao falar de sua tosse:

– O médico me recomenda o ar livre.

Desde então recebeu o que pedira. Tinha pernas compridas, pés grandes, e a ele confiavam as buscas mais improváveis através de Paris, as que obrigam a percorrer a cidade em todos os sentidos, dia após dia, sem sequer a esperança de um resultado.

– Só resta confiar esse caso ao Lagrume!

Todos sabiam o que isso queria dizer, menos o pobre homem, que anotava gravemente algumas indicações no seu caderninho, botava o guarda-chuva debaixo do braço e partia após uma pequena saudação ao redor.

Pergunto-me agora se não tinha plena consciência do papel que desempenhava. Era um resignado. Tinha uma mulher doente que, havia anos e anos, o esperava à noite para limpar a casa no prédio de periferia onde moravam. E, quando sua filha se casou, acho que era ele que se levantava à noite para cuidar do bebê.

– Lagrume, você ainda está fedendo a cocô de criança!

Uma velha senhora fora assassinada, na rua Caulaincourt. Era um crime banal, que não teve maior repercussão na imprensa, pois a vítima vivia de uns poucos rendimentos e não tinha conhecidos.

Quase sempre são esses os casos mais difíceis. Confinado nos grandes magazines – e atarefado com a proximidade do Natal –, não pude me ocupar dele, mas, como todos na repartição, fiquei sabendo detalhes do inquérito.

O crime fora cometido com uma faca de cozinha que ficou no local. Essa faca era a única pista. Era uma faca ordinária, como as que se vendem em bazares, casas de ferragens, nas menores lojas de bairro, e o fabricante, que fora encontrado, dizia que tinha vendido dezenas de milhares dela na região parisiense.

Era nova. Visivelmente fora comprada para o crime. Trazia ainda o preço inscrito, a tinta indelével, no cabo.

Foi esse detalhe que deu uma vaga esperança de localizar o comerciante que a vendera.

– Lagrume! Descubra quem vendeu esta faca.

Ele a enrolou num pedaço de jornal, pôs no bolso e partiu.

Partiu para uma viagem em Paris que haveria de durar nove semanas. Toda manhã apresentava-se pontualmente no escritório onde, à noite, tornava a guardar a faca na gaveta. Toda manhã o víamos colocar a arma no bolso, pegar o guarda-chuva e partir com a mesma saudação ao redor.

Fiquei sabendo o número de lojas – a história virou lenda – que podiam ter vendido uma faca desse tipo. Sem ultrapassar as antigas fortificações, restringindo-se aos vinte *arrondissements* de Paris, é algo de causar vertigem.

Não havia como utilizar meios de transporte. Tratava-se de ir de rua em rua, quase de porta em porta. Lagrume levava no bolso um mapa de Paris, no qual, de hora em hora, riscava um certo número de ruas.

Acho que no final nem mesmo seus chefes sabiam mais que tarefa lhe haviam atribuído.

– Lagrume está disponível?

Alguém respondia que estava em missão, e não se ocupavam mais dele. Isso aconteceu um pouco antes das festas, como eu disse. O inverno era chuvoso e frio, o calçamento, pegajoso, e mesmo assim Lagrume levava a passear sua bronquite e sua tosse da manhã à noite, sem se cansar, sem se perguntar se aquilo tinha um sentido.

Na nona semana, bem depois do ano-novo, quando o gelo era de quebrar pedra, o vimos aparecer às três da tarde, completamente calmo e lúgubre, sem a menor faísca de alegria ou de alívio nos olhos.

– O chefe está?

– Você descobriu?

– Descobri.

Não numa casa de ferragens, nem num bazar, nem numa loja de artigos domésticos. Havia percorrido todos eles em vão.

A faca fora vendida por um negociante de papel do bulevar Rochechouart. O comerciante reconheceu sua escrita, lembrou-se de um jovem usando um lenço de seda verde que lhe comprara a arma, mais de dois meses antes.

Forneceu sinais de identificação bastante precisos, e o jovem foi preso e executado no ano seguinte.

Quanto a Lagrume, morreu na rua, não em conseqüência de sua bronquite, mas de uma parada cardíaca.

*

Antes de falar das estações ferroviárias, e sobretudo de uma certa Gare du Nord com a qual penso ter sempre velhas contas a acertar, devo dizer duas palavras sobre um assunto um tanto desagradável.

Perguntaram-me com freqüência, ao me falarem do início da minha carreira e de meus diferentes cargos:

– O senhor fez também a Brigada de Costumes?

Hoje não é mais chamada assim. Dizem, pudicamente, a "Brigada mundana".

Pois bem, fiz parte dela, como a maioria de meus colegas. Muito pouco tempo. Apenas alguns meses.

E, embora hoje reconheça que era necessário, mesmo assim conservo dessa época uma lembrança ao mesmo tempo confusa e um pouco incômoda.

Falei da familiaridade que se estabelece naturalmente entre os policiais e aqueles que são todos vigiados.

Pela natureza das coisas, ela existe tanto neste setor quanto nos outros. Neste ainda mais. De fato, a clientela de cada inspetor, se posso dizer, compõe-se de um número relativamente restrito de mulheres que se encontram quase sempre nos mesmos locais, à porta do mesmo hotel ou sob o mesmo bico de gás, e, para as situadas um grau acima, no terraço dos mesmos cafés.

Eu não tinha ainda o aspecto robusto que adquiri com os anos, e aparentava ser mais jovem do que era.

Lembrem-se dos *petits-fours* do bulevar Beaumarchais e compreenderão que, com certos assuntos, eu era bastante tímido.

Os agentes dos Costumes, em sua maioria, tinham a maior intimidade com as moças cujos nomes ou os sobrenomes conheciam, e era uma tradição, quando as embarcavam numa viatura durante uma batida, tratarem-se de maneira desbocada, dizendo-se na cara, rindo, as palavras mais imundas, mais obscenas.

Um hábito que essas mulheres também tinham era levantar as saias e mostrar o traseiro num gesto que elas consideravam certamente como a última injúria, e que acompanhavam de palavras de desafio.

Cheguei a ficar ruborizado, nos primeiros tempos, pois eu ainda corava facilmente. Meu constrangimento não passou despercebido, pois o mínimo que se pode dizer dessas mulheres é que têm um certo conhecimento dos homens.

De repente me tornei, se não um bicho estranho, pelo menos o bode expiatório delas.

No Quai des Orfèvres nunca me chamaram por meu nome, e estou convencido de que muitos colegas nem o conhecem... Não gostaria que o fizessem, se tivessem pedido minha opinião, embora tampouco me envergonhasse dele.

Terá sido uma pequena vingança de um inspetor que estava a par?

Eu fora destacado especialmente para o bairro Sébastopol, que, sobretudo nos arredores do mercado dos Halles, era freqüentado então por mulheres de baixa condição, em particular por um certo número de velhas prostitutas que encontravam ali seu refúgio.

Era ali também que as empregadinhas recém-desembarcadas da Bretanha ou de outras regiões faziam suas primeiras experiências, de modo que havia os dois extremos: garotas de dezesseis anos que os caftens disputavam entre si e harpias sem idade que se defendiam por si mesmas.

Um dia a lengalenga começou – pois a coisa logo virou uma lengalenga. Eu passava diante de uma dessas velhas, plantada à porta de um hotel imundo, quando a ouvi lançar, sorrindo, com seus dentes estragados:

– Boa noite, Jules!

Achei que tivesse dito o nome ao acaso, mas, um pouco mais adiante, fui acolhido pelas mesmas palavras:

– E então, Jules?

Desde então, quando estavam em grupo, davam risadas e se demoravam em comentários difíceis de transcrever.

Eu sabia o que alguns teriam feito em meu lugar. Não seria preciso mais para embarcar algumas delas e trancafiá-las na prisão de Saint-Lazare, para refletirem.

O exemplo teria bastado, e provavelmente teriam me tratado com um certo respeito.

Não fiz isso. Não necessariamente por senso de justiça. Tampouco por piedade.

Provavelmente porque era um jogo que eu não queria jogar. Preferi fingir que não ouvia. Esperava que elas se cansassem. Mas essas mulheres são como crianças que nunca se fartam de um gracejo.

O famoso Jules foi integrado a uma canção que elas se punham a cantar em voz bem alta assim que me viam. Outras me diziam, quando eu verificava sua identidade:

– Não sou puta, Jules! Você é um amor!

Pobre Louise! Seu grande temor, nesse período, não era ver-me sucumbir a alguma tentação, mas pegar uma doença. Eu trouxera pulgas. Quando chegava em casa, fazia eu me despir e tomar um banho, enquanto ia escovar minha roupa junto à escada ou diante da janela aberta.

– Deve ter tocado nelas, hoje. Limpe bem as unhas!

Pois não diziam que, para pegar sífilis, bastava beber num copo?

Não foi um período agradável, mas aprendi o que tinha de aprender. Afinal, não fui eu que escolhi minha profissão?

Por nada neste mundo teria pedido para mudar de cargo. Meus chefes, espontaneamente, fizeram o necessário, mais preocupados com produtividade, suponho, do que por consideração por mim.

Designaram-me para as estações ferroviárias. Mais exatamente, fui destacado para um certo prédio sombrio e sinistro que chamam de Gare du Nord.

*

Como no caso dos grandes magazines, havia a vantagem de estar abrigado da chuva. Não do frio nem do vento, pois certamente não há parte alguma do mundo com tantas correntes de ar como um saguão de estação ferroviária, como o saguão da Gare du Nord, e durante meses fiz concorrência, quanto aos resfriados, com o velho Lagrume.

Não imaginem, insisto de novo, que me queixo e que descrevo, com uma complacência vingativa, o que não aparece à primeira vista.

Eu estava perfeitamente feliz. Estava feliz quando percorria as ruas, e não o estava menos quando vigiava os supostos cleptômanos nos grandes magazines.

Tinha a impressão de escalar cada vez um degrau, de aprender um ofício que a cada dia me revelava mais sua complexidade.

Quando vejo a Gare de l'Est, por exemplo, não posso deixar de me consternar, porque ela evoca para mim as mobilizações da guerra. A Gare de Lyon, ao contrário, assim como a de Montparnasse, me faz pensar nas férias.

Já a Gare du Nord, a mais fria, a mais movimentada de todas, evoca para mim uma luta áspera e amarga pelo pão cotidiano. Será porque ela conduz para as regiões de minas e de fábricas?

De manhã, os primeiros trens noturnos, que chegam da Bélgica e da Alemanha, trazem geralmente alguns contrabandistas, alguns traficantes de rosto duro como a luz vista através de vidraças.

Nem sempre é fraude pequena. Há os profissionais do tráfico internacional, com seus agentes, seus testas-de-ferro, seus homens de ação, gente que pratica um jogo pesado e está disposta a se defender de todas as maneiras.

Mal passada essa primeira leva, é a vez dos trens de periferia, que não vêm de aldeias risonhas como no Oeste e no Sul, mas de aglomerações escuras e insalubres.

No sentido inverso, é para a Bélgica, a mais próxima da fronteira, que tentam escapar todos os que fogem pelas razões as mais diversas.

Centenas de pessoas esperam, no ambiente cinza cheirando a fumo e suor, agitam-se, correndo dos guichês ao setor de bagagens, interrogando com os olhos os quadros que anunciam as chegadas e as partidas, comendo e bebendo alguma coisa, em meio às crianças, aos cachorros e às valises, e quase sempre são pessoas que não dormiram o bastante, que o medo de se atrasar deixou nervosas, às vezes simplesmente o medo do amanhã que vão buscar noutra parte.

Passei horas, diariamente, a observá-las, buscando nesses rostos um rosto mais fechado, olhos mais fixos, o de um homem ou de uma mulher que arrisca sua última chance.

O trem está ali, vai partir dentro de alguns minutos. Basta apenas andar uns cem metros, estender um bilhete que se traz apertado na mão. Os ponteiros avançam, por pequenos saltos, no enorme mostrador amarelado do relógio.

É tudo ou nada! A liberdade ou a prisão. Ou pior ainda.

De minha parte, trago na carteira uma fotografia, ou sinais de identificação, às vezes somente a descrição técnica de uma orelha.

Sucede que percebam no mesmo momento, que haja um choque de olhares. Quase sempre, o homem compreende à primeira vista.

A seqüência depende da sua personalidade, do risco que corre, de seus nervos, ou até mesmo de um pequeno detalhe material, de uma porta aberta ou fechada, de uma mala que surge casualmente entre nós.

Alguns tentam fugir, e então é aquela correria louca através de grupos que protestam ou se desviam, através dos vagões estacionados, dos trilhos, do sistema de agulhas.

Conheci dois deles, um dos quais muito jovem, que, num intervalo de apenas três meses, tiveram uma atitude idêntica.

Ambos enfiaram a mão no bolso, como para pegar um cigarro. E no instante seguinte, bem no meio da multidão, de olhos fixos em mim, dispararam um tiro na própria cabeça.

Esses também não me queriam mal, como eu tampouco a eles.

Cumpríamos, cada qual, nosso ofício.

Eles haviam perdido a partida, só isso, e estavam indo embora.

Eu também perdera, pois minha função era levá-los vivos perante a Justiça.

Vi partir milhares de trens. Vi chegar outros milhares, cada vez com a mesma multidão tumultuosa, o longo rosário de gente que se apressa, não se sabe em direção a quê.

Isto se tornou em mim uma mania, como em muitos de meus colegas. Mesmo não estando de serviço, mesmo se, por milagre, acompanhado de minha mulher, parto de férias, é muito raro que não acabe por deter-me em alguém que tem medo, seja qual for a maneira de ocultá-lo.

– Você não vem? Que houve?

Até que estejamos instalados em nosso compartimento, que digo?, até que o trem tenha partido, minha mulher nunca está segura de que haverá realmente férias.

– O que o preocupa? Você não está de serviço!

Sucedeu-me de acompanhá-la, suspirando, virando uma última vez a cabeça em direção a um rosto misterioso que desaparecia na multidão. Sempre com pesar.

E não penso que seja unicamente por cuidado profissional, nem por amor à justiça.

Repito, é uma partida que se joga, uma partida que não tem fim. Uma vez começada, é muito difícil, se não impossível, abandoná-la.

A prova é que aqueles de nós que acabam por se aposentar, geralmente contra a vontade, quase sempre montam uma agência privada de segurança.

Aliás, é só uma solução na falta de outra melhor, e não conheço um deles que, tendo resmungado durante trinta anos contra as misérias da vida de um policial, não esteja disposto a retomar o serviço, mesmo gratuitamente.

Conservei da Gare du Nord uma lembrança sinistra. Não sei por quê, revejo-a sempre envolta na névoa úmida e viscosa das primeiras horas da manhã, com sua multidão mal desperta marchando em rebanho rumo às plataformas ou para a rua de Maubeuge.

As amostras de humanidade que ali encontrei estão entre as mais desesperadas, e algumas detenções que efetuei me deixaram mais um sentimento de remorso do que um sentimento de satisfação profissional.

Se tivesse que escolher, porém, preferiria retomar amanhã minha ronda à entrada das plataformas do que embarcar, numa estação mais suntuosa, para alguma praia ensolarada da Côte d'Azur.

CAPÍTULO VI

Andares, andares e mais andares!

De tempos em tempos, quase sempre por ocasião de convulsões políticas, se propagam nas ruas distúrbios, que não são mais apenas a manifestação do descontentamento popular. Parece que num momento uma brecha se produz, que invisíveis eclusas são abertas, e súbito se vêem surgir nos bairros ricos indivíduos cuja existência é ali geralmente ignorada, indivíduos que parecem sair de algum pátio dos milagres e são vistos passar sob as janelas como se fossem arruaceiros e salteadores surgidos do fundo da Idade Média.

O que mais me surpreendeu, quando esse fenômeno se produziu com violência após as sublevações de 6 de fevereiro*, foi o assombro expresso no dia seguinte pela maioria da imprensa.

Essa invasão, durante algumas horas, do centro de Paris, não por manifestantes, mas por indivíduos magros que espalhavam tanto terror quanto um ban-

* De 1934. (N.T.)

do de lobos, alarmava de repente homens que, por profissão, conhecem tão bem quanto nós o lado secreto de uma capital.

Paris teve realmente medo, dessa vez. E Paris, já no dia seguinte, restabelecida a ordem, esqueceu que essa populaça não fora aniquilada, que ela simplesmente se recolhera.

A polícia não estava lá para mantê-la em seu covil?

Sabe-se que existe uma brigada que se ocupa exclusivamente dos duzentos a trezentos mil norte-africanos, portugueses e *roumis** que vivem no 20º *arrondissement*, que ali acampam, para ser mais exato, mal conhecendo nossa língua ou não a conhecendo em absoluto, obedecendo a outras leis, a reflexos diferentes dos nossos?

No Quai des Orfèvres temos mapas onde espécies de ilhotas são marcadas a lápis de cor, os judeus da rua des Rosiers, os italianos do quarteirão da Prefeitura, os russos de Les Ternes e de Denfert-Rochereau...

Muitos só desejam ser assimilados, e as dificuldades não provêm destes, mas há alguns que, em grupo ou isolados, mantêm-se voluntariamente à margem e levam sua existência misteriosa em meio à multidão que não os observa.

São quase sempre indivíduos conformistas, envolvidos em pequenas trapaças, em pequenas sujeiras cuidadosamente camufladas, que me perguntam, com um leve tremor dos lábios que conheço bem:

---

* Para Simenon, *roumis* designa as populações cristãs da Europa oriental e do Oriente Próximo. (N.T.)

– O senhor não sente nojo às vezes?

Não falam disto ou daquilo em particular, mas do conjunto daqueles com quem temos de lidar. O que gostariam é que lhes revelássemos segredos bem sujos, vícios inéditos, toda uma safadeza com a qual pudessem se indignar, deleitando-se com ela secretamente.

Estes empregam de bom grado a palavra "submundo".

– Imagino o que deve ver, no submundo!

Prefiro não lhes responder. Olho-os de uma certa maneira, sem nenhuma expressão no rosto, e eles devem compreender o que isso significa, pois em geral ficam constrangidos e não insistem.

Aprendi muito na rua. Aprendi nas feiras e nos grandes magazines, em toda parte onde multidões estavam reunidas.

Falei de minhas experiências na Gare du Nord.

Mas foi nas inspeções de moradias de aluguel, certamente, que conheci melhor os homens, aqueles, justamente, que causam tanto medo às pessoas dos bairros ricos quando acidentalmente as eclusas se abrem.

Aqui os sapatos ferrados não eram mais necessários, pois não se tratava de percorrer quilômetros de calçadas, e sim de circular, se posso dizer, nas alturas.

Todo dia eu examinava as fichas de algumas dezenas, de algumas centenas de hotéis, com quartos alugados na maioria das vezes, onde era raro encontrar elevador e tinha-se que escalar seis ou sete andares em vãos de escada sufocantes, onde um cheiro acre de humanidade pobre picava a garganta.

Os grandes hotéis com portas giratórias e recepcionistas em libré também têm seus dramas e seus segredos, nos quais a polícia vai diariamente meter o nariz.

Mas é sobretudo em milhares de hotéis de nomes desconhecidos, quase despercebidos, que se oculta uma população flutuante, aliás difícil de pegar e raramente regularizada.

Íamos em dois. Às vezes, em bairros perigosos, éramos mais numerosos. Escolhíamos a hora em que a maior parte das pessoas estava deitada, por volta do meio da noite.

Então era uma espécie de pesadelo que começava com alguns detalhes, sempre os mesmos: o guarda noturno, o patrão ou a patroa, deitado atrás do guichê, que despertava de mau humor e tentava antecipadamente eximir-se.

– O senhor sabe que aqui nunca tivemos problemas...

Outrora, os nomes eram inscritos em registros. Mais tarde, com a carteira de identidade obrigatória, fichas deviam ser preenchidas.

Um de nós permanecia embaixo, o outro subia. Certas vezes, apesar de nossas precauções, éramos notados e, do térreo, ouvíamos o prédio despertar como uma colméia, idas e vindas rápidas nos quartos, passos furtivos na escada.

Acontecia-nos de encontrar um quarto vazio, o leito ainda aquecido e, no alto, a clarabóia que dava para o telhado aberta.

Geralmente podíamos atingir o primeiro andar sem ter alertado os locatários e batíamos a uma primeira porta, grunhidos respondiam, perguntas numa língua quase sempre estrangeira.

– Polícia!

Todos eles compreendem essa palavra. E pessoas de camisola, uns completamente nus, homens, mulheres, crianças se agitavam num espaço com pouca luz, de mau cheiro, abriam malas esquisitas para procurar um passaporte escondido sob seus pertences.

É preciso ter visto a ansiedade desses olhares, os gestos de sonâmbulos, e um tipo de submissão que quase só se vê entre os desenraizados. Eu diria: uma submissão orgulhosa?

Eles não nos detestavam. Éramos os senhores. Tínhamos – ou acreditavam que tivéssemos – o mais terrível de todos os poderes: o de mandá-los de volta para o outro lado da fronteira.

Para alguns, o fato de estar aqui representava anos de astúcia ou de paciência. Haviam chegado à terra prometida. Possuíam documentos, verdadeiros ou falsos.

E enquanto nos estendiam esses documentos, sempre com o temor de que os puséssemos em nosso bolso, buscavam instintivamente nos agradar com um sorriso, encontravam algumas palavras em francês para balbuciar:

– *Missié li comissaire...*

As mulheres raramente conservavam seu pudor, e às vezes líamos uma hesitação em seu olhar, faziam um vago gesto em direção à cama desfeita. Será que não estávamos tentados? Isso não nos agradaria?

No entanto toda essa gente era orgulhosa, de um orgulho particular que não consigo descrever. O orgulho das feras?

De fato, eram um pouco como feras enjauladas que nos olhavam passar, sem saber se íamos golpeá-los ou afagá-los.

De vez em quando via-se um, brandindo os documentos, tomado de pânico, que se punha a falar com volubilidade em sua língua, gesticulando, chamando os outros em socorro, procurando nos fazer acreditar que era um homem honesto, que todas as aparências eram falsas, que...

Alguns choravam e outros se amontoavam num canto, ferozes, como se estivessem prontos a saltar, mas em realidade resignados.

Verificação de identidade. É assim que a operação se chama em linguagem administrativa. Aqueles cujos papéis estão regularizados sem que haja a menor dúvida são deixados em seu quarto, onde os ouvimos se encerrarem com um suspiro de alívio.

Os outros...

– Desça!

Quando não compreendem, é preciso acrescentar o gesto. E eles se vestem, falando sozinhos. Não sabem o que devem ou o que podem levar. Alguns, assim que viramos as costas, vão buscar seu tesouro em algum esconderijo para enfiá-lo nos bolsos ou sob a camisa.

Enquanto isso, no térreo, forma-se um pequeno grupo onde ninguém mais fala, onde cada um só pensa em seu próprio caso e na maneira como irá argumentar.

Há hotéis, no bairro Saint-Antoine, onde num único quarto já encontrei sete ou oito poloneses, a maioria deitada diretamente no chão.

Só um estava inscrito no livro de registro. O patrão sabia? Recebia um pagamento dos inquilinos suplementares? É mais do que provável, mas são coisas que é inútil tentar provar.

Os outros não estavam devidamente regularizados. Que faziam quando eram forçados a abandonar, de manhã cedo, o abrigo do quarto?

Sem carteira de trabalho, não podiam ganhar o sustento normalmente. Mas não haviam morrido de fome. Portanto, comiam.

E havia muitos, há sempre milhares, dezenas de milhares nessa situação.

Encontra-se dinheiro em seus bolsos, ou escondido num armário, ou, na maioria das vezes, em seus sapatos? Trata-se de saber de que maneira o obtiveram, e esse é o tipo de interrogatório mais exaustivo.

Mesmo se compreendem o francês, fingem não entendê-lo, olhando-nos nos olhos com um ar cheio de boa vontade, não se cansando de repetir que são inocentes.

É inútil interrogar os outros a seu respeito. Não se trairão. Contarão todos a mesma história.

Ora, em média, 65 por cento dos crimes cometidos na região parisiense têm estrangeiros como autores.

Escadas, escadas e mais escadas. Não apenas de noite, mas de dia, e mulheres em toda parte, profissionais e outras, algumas jovens e esplêndidas, vindas, sabe Deus por quê, das profundezas de seu país.

Conheci uma delas, uma polonesa, que dividia com cinco homens um quarto de hotel da rua Saint-Antoine, e indicava-lhes os delitos a fazer, recompensando à sua maneira os que fossem bem-sucedidos, enquanto os outros se reprimiam no quarto e, com freqüência, em seguida se lançavam ferozmente sobre o vencedor esgotado*.

Dois deles eram uns brutamontes, enormes, e ela não tinha medo, fazia-se respeitar com um sorriso ou um franzir de cenho; durante um interrogatório, em minha própria sala, depois de não sei que frase pronunciada na língua deles, eu a vi esbofetear tranqüilamente um dos gigantes.

– Seus olhos devem ter visto de tudo!

De fato, vemos homens, mulheres, todo tipo de homens e de mulheres, em todas as situações imagináveis, em todos os graus da escala social. Vemos, registramos e tentamos compreender.

Não digo compreender sei lá que mistério humano. É talvez contra essa idéia romanesca que protesto com mais veemência, quase com cólera. E uma das razões deste livro é fazer esse tipo de correção.

Simenon tentou explicar, reconheço. Mesmo assim me incomoda ver-me retratado, em seus livros, com certos sorrisos, certas atitudes que nunca tive, e que meus colegas teriam tratado com desprezo.

---

* Ver *Maigret e seu morto*, de 1948 (Coleção L&PM Pocket). (N.E.)

A pessoa que melhor percebeu isso foi minha mulher. No entanto, quando volto do trabalho, nunca lhe ocorre interrogar-me com curiosidade, qualquer que seja o caso de que me ocupo.

De minha parte, também não lhe faço o que se chama confidências.

Sento-me à mesa como qualquer funcionário que volta de seu escritório. Então às vezes, em poucas palavras, como para mim mesmo, relato um encontro, um interrogatório, falo do homem ou da mulher sobre quem tive de investigar.

Se ela faz uma pergunta, será sempre uma pergunta técnica.

– Em que bairro?

Ou então:

– Que idade?

Ou ainda:

– Há quanto tempo ela está na França?

Porque esses detalhes acabaram sendo tão reveladores para ela quanto o são para nós.

Ela não me interroga sobre os aspectos sórdidos ou lastimáveis do caso.

E sabe lá se não é indiferença de sua parte!

– A mulher dele foi vê-lo no calabouço?

– Hoje de manhã.

– Levou o filho com ela?

Ela se interessa mais particularmente, por razões sobre as quais não preciso insistir, pelos que têm filhos, e seria um erro acreditar que os irregulares, os malfeitores ou os criminosos não os têm.

Tivemos uma dessas crianças em nossa casa, uma menininha, cuja mãe enviei à prisão para o resto de seus dias, mas sabíamos que o pai a retomaria assim que voltasse a ser um homem normal.

Ela continua a vir nos ver. É agora uma moça, e minha mulher sente-se muito orgulhosa de mandá-la fazer as compras no período da tarde.

O que quero sublinhar é que não há, em nosso comportamento para com aqueles de quem nos ocupamos, nem sentimentalismo nem dureza, nem ódio nem piedade no sentido habitual da palavra.

Trabalhamos com seres humanos. Observamos seu comportamento. Registramos fatos. Buscamos estabelecer outros.

Nosso conhecimento deles é, de certo modo, técnico.

Quando, ainda jovem, eu visitava um hotel suspeito, do porão ao sótão, penetrando nos alvéolos dos quartos, surpreendendo pessoas em seu sono, em sua intimidade mais crua, examinando seus papéis à lupa, quase poderia ter dito o que haveria de acontecer a cada um.

Em primeiro lugar, alguns rostos já me eram familiares, pois Paris não é tão grande para que, num certo meio, não se volte a encontrar os mesmos indivíduos.

Além disso, alguns casos se reproduzem quase identicamente, as mesmas causas levando aos mesmos resultados.

O pobre coitado originário da Europa central, que economizou durante meses, se não anos, para pagar um falso passaporte numa agência clandestina de seu país, e que acreditou estar tudo resolvido quando atravessou a fronteira sem problemas, fatalmente nos cairá nas mãos num prazo de seis meses a um ano, no máximo.

Mais ainda: poderíamos segui-lo em pensamento desde a fronteira, prever em que bairro, em que restaurante, em que hotel vai chegar.

Sabemos através de quem tentará obter a indispensável carteira de trabalho, verdadeira ou falsa; precisaremos apenas ir pegá-lo na fila que se estende toda manhã diante das grandes fábricas do bairro de Javel.

Por que nos zangarmos, querermos mal a ele, quando chega lá onde fatalmente haveria de chegar?

O mesmo acontece com a empregadinha ainda jovem que vemos dançar pela primeira vez em alguns bailes populares. Dizer-lhe que volte à casa dos patrões e evite dali por diante seu parceiro de vistosa elegância?

De nada adiantaria. Ela retornará ao baile. Tornaremos a encontrá-la em outros, e depois, uma noite, diante de uma porta de hotel na zona dos Halles ou da Bastilha.

Umas dez mil passam por isso todo ano, em média, dez mil que deixam sua aldeia e desembarcam em Paris como domésticas, e que depois de uns poucos meses, ou algumas semanas, estão na rua.

É assim tão diferente quando um rapaz de dezoito ou vinte anos, que trabalhava na fábrica, passa a vestir-se de um certo modo, a adotar certas atitudes, a apoiar o cotovelo no balcão de certos bares?

Não tardaremos a vê-lo de terno novo, com meias e uma gravata de seda artificial.

Também ele acabará em nossas mãos, com o sorriso fingido ou envergonhado, após uma tentativa de furto ou assalto à mão armada, a menos que tenha se incorporado à legião dos ladrões de carro.

Alguns sinais nunca enganam, e são esses sinais, em última instância, que aprendíamos a conhecer quando nos faziam passar por todas as equipes, percorrer quilômetros de calçada, escalar andar após andar, penetrar em toda espécie de pardieiro e em todas as multidões.

Por isso o apelido de "sapatos ferrados" nunca nos causou vergonha, muito pelo contrário.

Aos quarenta anos, haverá poucos, no Quai des Orfèvres, que não conheçam familiarmente, por exemplo, todos os punguistas. Inclusive saberemos onde encontrá-los em determinado dia, por ocasião de tal cerimônia ou de tal festa.

Como sabemos, por exemplo, que um roubo de jóias não tardará a acontecer, porque um especialista, raramente pego em flagrante, começa a ficar sem alternativas. Ele abandonou seu hotel no bulevar Haussmann por um hotel mais modesto na Place de la République. Nos últimos quinze dias, não pagou a conta. A mulher com quem vive começa a fazer-lhe cenas e há muito deixou de comprar chapéus.

Não se pode acompanhá-lo passo a passo: nunca haverá policiais suficientes para seguir a pista de todos os suspeitos. Mas o temos sob controle. Os homens da segurança pública são avisados para vigiar mais particularmente as joalherias.

Sabemos como ele age. Sabemos que não agirá de outro modo.

Nem sempre temos êxito. Seria fácil demais. Às vezes, porém, o pegamos em flagrante. Isso pode ocorrer após uma conversa discreta com sua companheira, a quem fazemos compreender que o futuro dele seria menos problemático se ela nos informasse.

Fala-se muito, nos jornais, dos acertos de contas, em Montmartre ou na zona da rua Fontaine, porque os tiros de revólver à noite, para o público, sempre têm algo de excitante.

Mas esses são os casos que, no Quai, menos nos preocupam.

Conhecemos os bandos rivais, seus interesses e os pontos de litígio entre eles. Conhecemos também seus ódios ou seus rancores pessoais.

Um crime acarreta um outro, automaticamente. Luciano foi abatido num bar da rua de Douai? Os corsos se vingarão fatalmente num prazo mais ou menos curto. E quase sempre haverá um deles para nos passar a informação.

– Algo está sendo tramado contra Dedé de pés chatos. Ele sabe e não sai mais, a não ser acompanhado de dois matadores.

No dia em que Dedé for abatido, há nove chances em dez de que um telefonema mais ou menos misterioso nos coloque a par da história em todos os seus detalhes.

– Um a menos!

Ainda assim prendemos os culpados, mas isso tem pouca importância, pois essa gente se extermina a si mesma, por razões que só eles sabem, em nome de um certo código que aplicam com rigor.

É a isto que Simenon se referia quando, em nossa primeira conversa, declarava tão categoricamente:

– Os crimes de profissionais não me interessam.

O que ele não sabia ainda, o que ficou sabendo depois, é que há muito poucos crimes de outra natureza.

Não falo dos crimes passionais, que em sua maior parte não apresentam mistério, que são apenas a conclusão lógica de uma crise aguda entre dois ou vários indivíduos.

Tampouco falo das facadas trocadas num sábado ou domingo à noite entre dois bêbados da zona.

Excetuados esses acidentes, os crimes mais comuns são de dois tipos:

O assassinato de uma velha mulher solitária, por um ou vários maus elementos, e o homicídio de uma prostituta num terreno baldio.

Quanto ao primeiro, é raríssimo que o culpado nos escape. Quase sempre é um jovem, um daqueles de que falei há pouco, despedido da fábrica há alguns meses, ávido por aterrorizar os outros.

Ele localizou uma tabacaria, uma mercearia, uma lojinha qualquer numa rua deserta.

Em alguns casos, adquiriu um revólver. Outras vezes contenta-se com um martelo ou uma chave inglesa.

Quase sempre conhece a vítima, e uma entre dez, pelo menos, num momento ou noutro, foi boa para com ele.

Não estava disposto a matar. Cobriu parte do rosto com um lenço para não ser reconhecido.

O lenço caiu, ou então a velha pôs-se a gritar.

Ele disparou. Ou golpeou. Se disparou, esvaziou a munição, o que é um sinal de pânico. Se golpeou, fez isso dez, vinte vezes, selvagemente, dizem, quando em realidade estava aterrorizado.

Ficarão surpresos que, quando o temos à nossa frente, arrasado e tentando ainda mostrar-se valentão, digamos a ele simplesmente:

– Idiota!

É raro que estes não sejam condenados à morte. A pena mínima é vinte anos, quando têm a sorte de um mestre da advocacia se interessar por seu destino.

Quanto aos matadores de prostitutas, é um milagre quando conseguimos pegá-los. São as investigações mais longas, as mais desestimulantes, também as mais repulsivas que conheço.

Começa por um saco que um marinheiro pesca com a ponta do arpão em alguma parte do Sena e que contém quase sempre um corpo mutilado. Falta a cabeça, ou um braço, ou as pernas.

Geralmente se passam semanas até que a identificação seja possível. Em geral, trata-se de uma mulher de certa idade, daquelas que nem mesmo levam mais o cliente a um hotel ou a seu quarto, mas contentam-se com um vão na parede ou o abrigo de uma cerca.

Deixaram de vê-la no quarteirão, um quarteirão que, tão logo anoitece, se envolve em mistério e sombras silenciosas.

As que a conhecem não têm vontade de entrar em contato conosco. Interrogadas, dão respostas evasivas.

Tentando aqui e ali, com paciência, acaba-se por conhecer alguns de seus clientes habituais, solitários, eles também, homens sem idade definida que raramente deixam a lembrança de uma silhueta.

Mataram-na por dinheiro? É improvável. Ela possuía tão pouco!

Terá sido um desses velhos de repente acometidos de loucura, ou então alguém que veio de fora, de outro bairro, um desses loucos que, a intervalos regulares, sentem aproximar-se a crise, sabem exatamente o que farão e, com uma lucidez inacreditável, tomam precauções que os outros criminosos não tomariam?

Não se sabe sequer quantos há assim numa capital. Cada uma tem os seus, que, cometido o crime, voltam a mergulhar por um tempo mais ou menos longo na vida anônima.

São talvez homens respeitados, pais de família, funcionários exemplares.

A que se assemelham exatamente, ninguém sabe, e, quando porventura pegamos um, quase sempre foi impossível estabelecer provas de acusação satisfatórias.

Temos estatísticas mais ou menos precisas de todos os tipos de crimes.

Exceto um.

O envenenamento.

E todas as aproximações seriam fatalmente falsas, para mais ou para menos.

A cada três ou seis meses, em Paris ou no interior, sobretudo no interior, numa cidadezinha ou no campo, o acaso faz com que um médico examine mais detalhadamente um morto e fique intrigado por certas características.

Digo o acaso, pois se trata habitualmente de um de seus clientes, de alguém cuja doença ele acompanhou por muito tempo. Ele morreu bruscamente, em seu leito, no seio de uma família que demonstra todos os sinais tradicionais de pesar.

Os parentes não gostam de ouvir falar de autópsia. O médico só se decide a isso se as suspeitas forem muito fortes.

Ou então, semanas após o enterro, é uma carta anônima que chega à polícia e fornece detalhes à primeira vista inacreditáveis.

Estou insistindo para mostrar todas as condições que devem se reunir para que um inquérito dessa natureza seja aberto. As formalidades administrativas são complicadas.

Na maioria das vezes, trata-se da mulher de um fazendeiro que espera há anos a morte do marido para se amigar com um empregado, e que se cansou de esperar.

Ela ajudou a natureza, como algumas dizem cruamente.

Outras vezes, mais raras, é o homem que se desembaraça desse modo de uma esposa doente que se tornou um peso morto na casa.

São descobertos por acaso. Mas em quantas outras situações o acaso não intervém? Não sabemos. Podemos apenas arriscar hipóteses. Em nossa repartição, assim como na rua des Saussaies, alguns pensam que, de todos os crimes, em particular os crimes impunes, é esse o de maior freqüência.

Os outros, aqueles que interessam os romancistas e os pretensos psicólogos, são tão pouco comuns que absorvem apenas uma parte insignificante de nossa atividade.

No entanto é essa que o público melhor conhece. São sobretudo esses casos que Simenon contou e que, suponho, continuará a contar.

Refiro-me aos crimes subitamente cometidos em meios nos quais seriam menos esperados, e que são como que o resultado de uma longa e surda fermentação.

Uma rua qualquer, limpa, de gente rica, em Paris ou em qualquer outro lugar. Pessoas que têm uma casa confortável, uma vida familiar, uma profissão honrosa.

Nunca tivemos que transpor a porta dessas casas. Com freqüência são meios nos quais dificilmente seríamos admitidos, onde destoaríamos, onde pelo menos nos sentiríamos acanhados.

Ora, eis que alguém morreu de morte violenta e lá estamos, batendo à porta, encontrando à nossa frente rostos fechados, uma família na qual cada membro parece ter seu segredo.

Aqui a experiência adquirida durante anos na rua, nas estações ferroviárias, nas moradias de aluguel, não funciona mais. Também não funciona aquela espécie de respeito instintivo dos pequenos em relação à autoridade, à polícia.

Ninguém teme ser mandado de volta à fronteira. Ninguém tampouco será levado a uma sala do

Quai para submeter-se durante horas a um interrogatório de inspetores que se revezam.

O que temos à nossa frente são os mesmos indivíduos conformistas que nos teriam perguntado em outras circunstâncias:

– O senhor não sente nojo às vezes?

É na casa deles que o sentimos. Não de imediato. Não sempre. Pois a tarefa é longa e arriscada.

Isto quando um telefonema de um ministro, de um deputado, de uma personalidade importante não tenta nos barrar o caminho.

Há todo um verniz de respeitabilidade a fazer rachar aos pouquinhos, há os segredos de família, mais ou menos repugnantes, que todos querem nos ocultar e que é indispensável trazer à luz, sem se importar com revoltas e ameaças.

Às vezes são cinco, seis ou mais a mentir, de comum acordo, sobre certos pontos, ao mesmo tempo em que procuram sorrateiramente colocar os outros em situação difícil.

Simenon gosta de me descrever pesado e rabugento, pouco à vontade em minha pele, olhando as pessoas de cima, como que a latir com irritação minhas perguntas.

Foi nesses casos que ele me viu assim, diante do que se poderia chamar crimes de amador que acabam *sempre* se revelando serem crimes de interesse.

Não crimes por dinheiro, isto é, crimes cometidos por necessidade imediata de dinheiro, como no caso dos jovens vadios que assassinam velhinhas.

Trata-se, por trás dessas fachadas, de interesses mais complicados, de longo prazo, que se conjugam com preocupações de respeitabilidade. Com freqüência a coisa remonta a anos, ocultando vidas inteiras de falcatruas e desonestidades.

Quando as pessoas sentem-se enfim forçadas a confessar, é um desabafo ignóbil, quase sempre dominado pelo pânico das conseqüências.

– Nossa família não pode ser arrastada na lama, não é mesmo? É preciso achar uma solução.

Isso acontece, e eu lamento. Alguns, que deveriam ir diretamente de minha sala para o cárcere, desapareceram de circulação, porque existem influências contra as quais um inspetor de polícia, e mesmo um comissário, são impotentes.

– O senhor não sente nojo às vezes?

Nunca o senti quando, inspecionando moradias de aluguel, passava meus dias ou minhas noites a escalar os andares dos quartos sujos e superpovoados, onde cada porta se abria para uma miséria ou um drama.

A palavra nojo tampouco convém a minhas reações diante de alguns milhares de profissionais que passaram por minhas mãos.

Eles jogavam seu jogo e perderam. Quase todos faziam questão de se mostrar bons jogadores e alguns, uma vez condenados, pediam-me que fosse visitá-los na prisão, onde conversávamos como amigos.

Eu poderia citar vários que me suplicaram para assistir à sua execução, e que me reservaram seu último olhar.

– Estarei bem, você verá.

Eles faziam o possível. Nem sempre eram bem-sucedidos. Eu levava no bolso suas últimas cartas, encarregando-me de fazê-las chegar a seu destino com um bilhete de minha mão.

Quando eu voltava para casa, minha mulher só precisava me olhar sem fazer perguntas para saber como a coisa se passara.

Quanto aos outros, sobre os quais prefiro nada mais dizer, ela também sabia o sentido de certos maus humores, de um certo jeito meu de sentar, ao retornar à noite, e de encher o prato, e não insistia.

O que prova bem que ela não estava destinada ao círculo da Ponts et Chaussées!

CAPÍTULO VII

De uma manhã triunfante como um clarim de cavalaria e de um jovem que não era mais magro, mas ainda não era completamente gordo.

Posso ainda reconhecer o gosto, a cor do sol daquela manhã. Era março. Uma primavera precoce. Eu já me habituara, sempre que podia, a fazer a pé o caminho do bulevar Richard-Lenoir ao Quai des Orfèvres.

Naquele dia não tinha trabalho fora, mas fichas a classificar, no setor de moradias de aluguel, nas salas provavelmente mais escuras de todo o Palácio da Justiça, no térreo, com uma pequena porta que dava para o pátio e que eu deixara aberta.

Mantinha-me atento, tanto quanto essa tarefa permitia. Lembro-me do sol cortando o pátio em duas metades, dividindo ao meio também uma viatura celular puxada a cavalos, à espera. Os dois cavalos, de tempo em tempo, batiam os cascos no pavimento e atrás deles havia um belo monte de bosta, fumegando no ar ainda um pouco frio.

Não sei por que o pátio me recordou alguns recreios no liceu, na mesma época do ano, quando o ar de repente passa a ter cheiro e a pele, quando se correu, exala como a primavera.

Eu estava sozinho na sala. A campainha do telefone tocou.

– Pode avisar a Maigret que o chefe quer vê-lo?

Era a voz do solteirão do escritório, lá em cima, que passou cerca de cinqüenta anos no cargo.

– Sou eu mesmo.

– Então suba.

Até mesmo a grande escadaria, sempre empoeirada, parecia alegre, com raios oblíquos de sol como nas igrejas. O relatório da manhã havia pouco terminara. Dois comissários estavam ainda conversando, com pastas debaixo do braço, junto à porta à qual eu ia bater.

E, no escritório, reconheci o cheiro dos cachimbos e cigarros dos que acabavam de deixá-lo. Uma janela estava aberta atrás de Xavier Guichard, que tinha plumas de sol em seus cabelos brancos e sedosos.

Ele não me estendeu a mão. Quase nunca o fazia no escritório. No entanto havíamos nos tornado amigos, ou, mais exatamente, ele fazia questão de nos honrar, à minha mulher e a mim, com sua amizade. Da primeira vez, convidara-me a visitá-lo, sozinho, em seu apartamento do bulevar Saint-Germain. Não a parte rica e esnobe do bulevar. Ao contrário, morava bem defronte da Place Maubert, num grande prédio novo que se erguia entre as casas vacilantes e os hotéis decadentes.

Voltei lá com minha mulher. De imediato os dois passaram a se entender muito bem.

Ele tinha certamente afeição por ela, por mim, muito embora com freqüência nos tenha prejudicado, sem querer.

No começo, assim que via Louise, olhava sua cintura com insistência e, se não dávamos a impressão de compreender, dizia, tossicando:

– Não esqueçam que insisto em ser o padrinho.

Era um solteirão empedernido. Exceto seu irmão, que era chefe da Polícia Municipal, não tinha família em Paris.

– Vamos, não me façam esperar demais...

Os anos se passaram, ele teve que abandonar as ilusões. Lembro que, ao anunciar para mim meu primeiro aumento, acrescentara:

– Isto talvez lhe permita me dar um afilhado.

Nunca compreendeu por que corávamos, por que minha mulher baixava os olhos, enquanto eu tentava tocar a mão dela para consolá-la.

Naquela manhã ele parecia muito sério, à contraluz. Deixou-me de pé, e estava me sentindo incomodado com a insistência com que me examinava dos pés à cabeça, como faz um sargento com um recruta.

– Sabe, Maigret, que está começando a engordar?

Eu tinha trinta anos. Aos poucos deixara de ser magro, meus ombros haviam se alargado, meu torso estufara, mas eu ainda não adquirira minha verdadeira corpulência.

Aquilo se notava. Eu devia parecer, na época, flácido e fofo como um boneco. Eu mesmo o percebia, ao passar diante de uma vitrine e ao lançar um rápido olhar ansioso ao meu perfil.

Era um pouco a mais ou um pouco a menos, e nenhum terno me caía bem.

– Acho que estou engordando, sim.

Quase tive vontade de me desculpar, sem compreender que ele se divertia, como costumava fazer.

– Creio que seria melhor mudá-lo de serviço,

Havia duas brigadas das quais eu ainda não fizera parte, a dos jogos e a Brigada financeira, e esta última era meu pesadelo, como a prova de trigonometria, no colégio, fora por muito tempo o terror de meus finais de ano.

– Com que idade está?

– Trinta anos.

– Bela idade! Perfeito. A partir de hoje o jovem Lesueur tomará seu lugar na inspeção de moradias de aluguel e você ficará à disposição do comissário Guillaume.

Disse isso propositadamente com indiferença, como algo sem importância, sabendo que o coração me saltaria no peito e que, de pé diante dele, ouvia em meus ouvidos como que clarins triunfantes.

De repente, numa manhã que parecia ter sido escolhida de propósito – e não estou certo se Guichard não o fez assim –, realizava-se o sonho de minha vida.

Eu entrava finalmente para a Brigada especial.

Um quarto de hora mais tarde, eu transferia para cima meu velho casaco de escritório, meu sabonete, minha toalha, meus lápis e alguns papéis.

Eram uns cinco ou seis na grande peça reservada aos inspetores da Brigada dos homicídios, e, antes de mandar me chamar, o comissário Guillaume deixou que eu me instalasse, como um novo aluno.

– Não merece um brinde?

Eu não ia dizer que não. Ao meio-dia, levei orgulhosamente meus novos colegas à Brasserie Dauphine.

Já os vira com freqüência, numa outra mesa que não a que eu ocupava com meus ex-colegas, e os olhávamos com o respeito cheio de inveja que se tem, no liceu, pelos alunos mais velhos que são tão grandes quanto os professores e que estes tratam quase em pé de igualdade.

A comparação era exata, pois Guillaume estava conosco, e o comissário das Informações Gerais veio juntar-se a nós.

– Que querem tomar? – perguntei.

Em nosso canto, tínhamos o hábito de beber cerveja, raramente um aperitivo. Evidentemente não podia ser o mesmo nessa mesa.

Alguém disse:

– Um martíni.

– Martíni para todo mundo?

Como ninguém protestasse, encomendei não sei quantos martínis. Era a primeira vez que o degustava. Na embriaguez da vitória, quase nem me pareceu conter álcool.

– Vai uma segunda rodada?

Aquele era o momento ou nunca de mostrarme generoso. E foram três, quatro rodadas. Meu novo chefe também quis oferecer a sua.

A cidade estava ensolarada. As ruas cintilavam. As mulheres, de roupas claras, eram um encantamento. Eu ia alegre entre os passantes. Olhava-me nas vitrines sem me achar tão gordo assim.

Eu corria. Voava. Exultava. Ao pé da escada, já comecei o discurso que havia preparado para minha mulher.

E, no último patamar, me estatelei no chão. Não tive tempo de levantar-me e nossa porta já se abria, pois Louise devia estar preocupada com meu atraso.

– Não está bem?

É engraçado. A partir do momento em que voltei a levantar, me senti completamente bêbado e fiquei estupefato. A escada girava ao redor de mim. A figura de minha mulher perdera a nitidez. Via-lhe pelo menos duas bocas, três ou quatro olhos.

Acreditem se quiserem, era a primeira vez que isso me acontecia na vida, e me senti tão humilhado que não ousei olhar para ela; penetrei no apartamento como um culpado, sem lembrar as frases tão bem preparadas e triunfantes.

– Acho... acho que estou um pouco bêbado...

Eu tinha dificuldade de respirar pelo nariz. A mesa estava posta, com dois pratos colocados frente a frente diante da janela aberta. Eu havia prometido a mim mesmo levá-la para almoçar num restaurante, mas não ousava mais propor.

Assim, foi com uma voz quase lúgubre que pronunciei:

– Aconteceu!

– Que é que aconteceu?

Talvez ela achasse que eu anunciaria que fora demitido da polícia!

– Fui nomeado.

– Nomeado para quê?

Eu parecia ter grandes lágrimas nos olhos, de despeito, mas ela viu certamente que eram de alegria, quando falei:

– Para a Brigada especial.

– Sente-se. Vou preparar uma taça de café bem forte.

Ela quis que eu me deitasse, mas não ia abandonar meu novo posto no primeiro dia. Bebi não sei quantas taças de café. Apesar da insistência de Louise, não pude comer nada de sólido. Tomei uma ducha.

Às duas da tarde, quando me dirigi para o Quai des Orfèvres, tinha uma cor rosada um pouco especial, os olhos brilhantes. Sentia-me frouxo, a cabeça vazia.

Fui tomar meu lugar num canto e falei o mínimo possível, pois sabia que tinha a voz hesitante e acabaria misturando as sílabas.

No dia seguinte, como para colocarem-me à prova, confiaram-me minha primeira detenção. Era na rua du Roi-de-Sicile, num prédio de quartos alugados. Havia já cinco dias que o homem fora localizado. Tinha vários assassinatos nas costas. Era estrangeiro, um tcheco, se lembro bem, de porte atlético, sempre armado, pronto para o que desse e viesse.*

O problema era imobilizá-lo antes que tivesse tempo de defender-se, pois era o tipo de homem capaz de disparar contra a multidão, matar o máximo de gente possível antes de se entregar.

---

* Ver *Maigret e seu morto* (Coleção L&PM Pocket). (N.E.)

Ele sabia que seus recursos eram escassos e que tinha a polícia nos calcanhares, e que ela hesitava.

Na rua, dava um jeito de manter-se sempre no meio da multidão, sabendo que não podíamos nos arriscar a agir.

Juntaram-me ao inspetor Dufour, que se ocupava dele havia vários dias e conhecia todas as suas façanhas.

Foi também a primeira vez que me disfarcei. Nossa chegada ao hotel miserável, com os trajes habituais, teria provocado um pânico do qual nosso homem talvez se aproveitasse para fugir.

Dufour e eu vestimos roupas velhas e, para maior verossimilhança, ficamos 48 horas sem nos barbear.

Um jovem inspetor, especializado em fechaduras, se introduzira no hotel e fabricara uma excelente chave da porta do quarto.

Ocupamos outro quarto, no mesmo andar, antes que o tcheco viesse deitar-se. Eram pouco mais das onze da noite quando um sinal, de fora, nos avisou que ele subia a escada.

A tática que montamos não era minha, mas de Dufour, mais antigo na profissão.

O homem, não distante de nós, se encerrou no quarto; devia estar vestido na cama, com pelo menos um revólver ao alcance da mão.

Não dormimos. Esperamos o amanhecer. Se me perguntarem por quê, responderei o que meu colega, a quem fiz a mesma pergunta, em minha impaciência de agir, me respondeu.

O primeiro reflexo do assassino, ao nos ouvir, teria sido certamente quebrar a lâmpada a gás que iluminava o quarto. Ficaríamos no escuro e lhe daríamos assim uma vantagem sobre nós.

– Um homem sempre tem menos resistência ao amanhecer – disse-me Dufour, o que pude constatar a seguir.

Penetramos no corredor. Todos dormiam ao nosso redor. Foi Dufour que, com infinitas precauções, girou a chave na fechadura.

Como eu era mais alto e mais robusto, coube a mim ser o primeiro a lançar-se; de um salto, me vi deitado sobre o homem estendido no leito, tentando pegá-lo da maneira que fosse possível.

Não sei quanto tempo durou a luta, mas me pareceu interminável. Senti que rolávamos no chão. Via, muito perto do meu rosto, um rosto feroz. Lembrome, em particular, de dentes muito grandes, faiscantes. Uma mão, agarrada em minha orelha, esforçavase por arrancá-la.

Não me dei conta do que fazia meu colega, mas vi uma expressão de dor, de raiva, na face do meu adversário. Senti que ele afrouxava aos poucos seu aperto. Quando pude me virar, o inspetor Dufour, com os joelhos apoiados no chão como um alfaiate, tinha um dos pés do homem em suas mãos, e seria possível jurar que lhe dera uma torção de pelo menos duas voltas.

– Algemas! – ele ordenou.

Eu já as pusera em indivíduos menos perigosos, em mulheres recalcitrantes. Era a primeira vez que efetuava uma detenção com brutalidade, e o ruído das algemas punha fim a um combate que, para mim, podia ter acabado mal.

*

Quando se fala do faro de um policial, ou de seus métodos, de sua intuição, tenho sempre vontade de retrucar:

– E o faro de seu sapateiro, de seu padeiro?

Tanto um quanto o outro passaram por anos de aprendizagem. Cada um conhece seu ofício, o que diz respeito a seu ofício.

Não é diferente com um homem do Quai des Orfèvres. Eis por que todos os relatos que li, inclusive os de meu amigo Simenon, são mais ou menos inexatos.

Estamos em nosso escritório, a redigir relatórios. Pois isso, como esquecem com muita freqüência, também faz parte da profissão. Diria até que passamos muito mais tempo com papeladas administrativas do que em investigações propriamente ditas.

Acabam de anunciar um senhor de certa idade que espera na ante-sala e que parece muito nervoso, quer falar imediatamente com o diretor. Inútil dizer que o diretor não tem tempo de receber todas as pessoas e que todas insistem em dirigir-se a ele pessoalmente, pois para elas seu pequeno caso é o único importante.

Há uma frase tão freqüente que já virou um refrão, que o contínuo da repartição recita como uma litania: "É uma questão de vida ou morte."

– Pode receber, Maigret?

Há uma pequena sala, ao lado da dos inspetores, para essas entrevistas.

– Sente-se. Aceita um cigarro?

Na maioria das vezes, o visitante ainda não teve tempo de dizer sua profissão, sua situação social, e já adivinhamos.

– É um caso muito delicado, inteiramente pessoal.

É um caixa de banco, ou um agente de seguros, um homem de vida calma e regrada.

– Sua filha?

Trata-se ou de seu filho, ou de sua filha, ou de sua mulher. E podemos prever quase palavra por palavra o discurso que irá fazer. Não, seu filho não tirou dinheiro do caixa dos patrões. Não, tampouco sua mulher, que foi embora com um namorado.

É sua filha, moça da melhor educação, sobre quem nunca houve nada a censurar. Não freqüentava ninguém, vivia em casa e ajudava a mãe nos trabalhos domésticos.

Suas amigas eram tão sérias quanto ela. Pode-se dizer que nunca saía sozinha.

No entanto desapareceu, levando uma parte de seus pertences.

O que os senhores responderiam? Que seiscentas pessoas, todo mês, desaparecem em Paris e que apenas dois terços delas são reencontradas?

– Sua filha é bonita?

Ele trouxe várias fotografias, convencido de que serão úteis para as buscas. Tanto pior se for bonita, pois o número de chances diminui. Se for feia, provavelmente voltará para casa dentro de alguns dias ou algumas semanas.

– Conte conosco. Faremos o necessário.

– Quando?

– Imediatamente.

Ele irá nos telefonar todo dia, duas vezes por dia, e não há nada a responder-lhe, a não ser que não tivemos tempo de nos ocupar da senhorita.

Quase sempre, uma breve investigação nos indica que um rapaz que morava no mesmo prédio, ou o moço da mercearia, ou o irmão de uma das amigas, desapareceu no mesmo dia que ela.

Não se pode passar Paris e a França num pente-fino por causa de uma jovem em fuga, e sua fotografia, na semana seguinte, apenas se acrescentará à coleção de fotos impressas que se enviam às delegacias, aos diferentes serviços da polícia e às fronteiras.

*

Onze horas da noite. Um telefonema do centro de Plantão de polícia, defronte, no prédio da Polícia Municipal, onde todas as chamadas são centralizadas e se inscrevem num quadro luminoso que ocupa a extensão de uma parede.

O posto da Pont-de-Flandre acaba de ser avisado de uma ocorrência num bar da rua de Crimée.

É preciso atravessar Paris inteira. Hoje a Polícia Judiciária dispõe de alguns veículos, mas antes era preciso pegar um fiacre, mais tarde um táxi, não havendo certeza de que seríamos reembolsados.

O bar, numa esquina, ainda está aberto, com uma vidraça quebrada, silhuetas que se mantêm prudentemente a distância, pois no bairro as pessoas preferem passar despercebidas da polícia.

Os agentes de uniforme já estão lá, uma ambulância, às vezes o delegado do bairro ou seu secretário.

No piso de madeira, entre serragem e escarros, um homem está curvado sobre si mesmo, com a mão no peito, de onde escorre um filete de sangue que formou uma poça.

– Morto!

Ao lado dele, no chão, uma maleta que segurava no momento da queda se abriu e deixou escapar fotos pornográficas.

O dono do bar, inquieto, procura se eximir.

– Tudo estava calmo, como sempre. O lugar é tranqüilo.

– Já o tinha visto?

– Nunca.

Era de prever. Ele o conhece como a palma da mão, mas sustentará até o fim que era a primeira vez que o homem entrara no bar.

– Que aconteceu?

O morto é um homem de meia-idade, de traços inexpressivos. Suas roupas são velhas, de uma limpeza duvidosa, o colarinho da camisa está sujo de caspa.

Inútil buscar uma família, um alojamento. Devia fazer curtos pernoites em quartos alugados de última categoria, de onde partia para fazer seu comércio nos arredores das Tuileries e do Palais-Royal.

– Havia três ou quatro fregueses...

É supérfluo perguntar onde estão. Foram embora e não voltarão para testemunhar.

– Acaso os conhece?

– Vagamente. Só de vista.

Na verdade, poderíamos dar as respostas por ele.

– Um desconhecido entrou e se instalou do outro lado do bar, bem defronte desse aí.

O bar é em forma de ferradura, com copinhos emborcados no balcão e um cheiro forte de álcool barato.

– Não se disseram nada. O primeiro dava a impressão de estar com medo. Levou a mão ao bolso para pagar...

É exato, pois não portava arma.

O outro, sem uma palavra, sacou um revólver e disparou três vezes. Certamente teria prosseguido se a arma não tivesse travado. Depois, enfiou tranqüilamente o chapéu na cabeça e partiu.

É típico. Não há necessidade de faro. O meio no qual deve ser procurado é bastante restrito.

Não são muitos os que se ocupam do tráfico de pornografia. Conhecemos quase todos. Periodicamente passam por nossas mãos, recebem uma leve pena de prisão e recomeçam.

Os sapatos do morto – que tem os pés sujos e as meias furadas – trazem uma marca de Berlim.

É um recém-chegado. Devem tê-lo feito compreender que não havia lugar para ele no setor. Ou então era apenas um subalterno a quem confiaram a mercadoria e que guardou o dinheiro para si.

O caso levará uns três, quatro dias. Não mais que isso. Os inspetores das moradias de aluguel serão acionados, e depois de amanhã saberão onde a vítima se alojava.

Os dos Costumes, por sua vez, farão um inquérito, munidos de sua fotografia.

Na tarde do dia seguinte, nos arredores das Tuileries, serão detidos alguns desses indivíduos que oferecem, todos, a mesma mercadoria aos transeuntes, com ares misteriosos.

Não seremos muito gentis com eles. Antigamente o eram menos ainda que hoje.

– Já viu este sujeito?

– Não.

– Tem certeza de que nunca o encontrou?

Há um pequeno calabouço muito escuro, muito estreito, na verdade uma espécie de armário embutido, na sobreloja, onde ajudamos pessoas desse tipo a se lembrarem, e é raro que após algumas horas não nos chamem, com fortes batidas na porta.

– Acho que já o vi...

– O nome dele?

– Conheço só o prenome: Otto.

O fio da meada será puxado lentamente, mas puxado até o fim, como uma lombriga.

– É um pederasta!

Ótimo! O fato de tratar-se de um pederasta restringe ainda mais o campo das investigações.

– Ele não freqüentava a rua de Bondy?

É quase fatal. Lá existe um certo bar onde convivem quase todos os pederastas de um certo nível social – o mais baixo. Existe um outro na rua de Lappe, que virou atração para turistas.

– Com quem você o viu?

É mais ou menos tudo. O resto, quando tivermos o homem entre quatro paredes, será fazê-lo confessar e assinar a confissão.

*

Nem todos os casos são tão simples. Alguns inquéritos levam meses, e alguns culpados só acabam sendo detidos depois de anos, às vezes por acaso.

Em todas as ocorrências, ou quase todas, o processo é o mesmo.

Trata-se de *conhecer*.

Conhecer o meio onde um crime é cometido, conhecer o gênero de vida, os hábitos, os costumes, as reações das pessoas que estão envolvidas, vítimas, culpados e simples testemunhas.

Entrar em seu mundo sem espanto, no mesmo nível, e falar naturalmente sua linguagem.

Isso vale para um bistrô de La Vilette ou da Porte d'Italie, para os árabes da zona, poloneses ou italianos, proxenetas de Pigalle ou delinqüentes das Ternes.

Vale também para o mundo do turfe ou das mesas de jogo, para especialistas em cofres ou roubos de jóias.

Eis por que não perdemos nosso tempo quando, durante anos, percorremos as ruas, inspecionamos prédios ou vigiamos as ladras dos grandes magazines.

Como para o sapateiro e o padeiro, são anos de aprendizagem, com a diferença de que duram mais ou menos a vida inteira, porque o número das possibilidades é praticamente infinito.

As prostitutas, os trombadinhas, os passadores de conto-do-vigário, os especialistas do roubo à americana* ou da lavagem de dinheiro se reconhecem entre si.

Pode-se dizer o mesmo dos policiais após um certo número de anos de profissão. E não se trata nem de sapatos ferrados nem de bigodes.

Creio que isso se percebe no olhar, numa certa reação – ou melhor, ausência de reação – diante de certos indivíduos, certas misérias, certas anomalias.

Não obstante os autores de romances, o policial é antes de tudo um profissional. É um *funcionário*.

Ele não se diverte com charadas, não se excita com uma caçada mais ou menos apaixonante.

Quando passa uma noite sob a chuva, a espreitar uma porta que não se abre ou uma janela iluminada, quando, nos terraços dos bulevares, busca pacientemente um rosto familiar, ou prepara-se para interrogar durante horas um indivíduo pálido de terror, ele cumpre sua tarefa cotidiana.

Ganha sua vida, procura ganhar o mais honestamente possível o dinheiro que o governo lhe dá ao final de cada mês como remuneração por seus serviços.

Sei que minha mulher, quando daqui a pouco ler estas linhas, sacudirá a cabeça, me olhará com um ar de censura e murmurará talvez:

– Você exagera sempre!

Por certo acrescentará:

---

* Vigarice aplicada, nas estações ferroviárias, a estrangeiros prestes a voltar aos seus países. (N.T.)

– Está dando uma idéia falsa de si e dos seus colegas.

Ela tem razão. É possível que eu exagere um pouco no sentido contrário. É uma reação contra as idéias feitas que com freqüência me irritaram.

Quantas vezes, após a publicação de um livro de Simenon, meus colegas não me olharam, com um ar de deboche, entrar em minha sala!

Eu lia em seus olhos este pensamento: "Chegou Deus Pai!"

Por isso insisto na palavra funcionário, que outros julgam depreciativa.

É o que fui quase a vida inteira. Graças ao inspetor Jacquemain, é o que me tornei ao sair da adolescência.

Como meu pai, em seu tempo, tornou-se administrador do castelo. Com o mesmo orgulho. Com o mesmo cuidado de conhecer tudo da minha profissão e de cumprir conscienciosamente minha tarefa.

A diferença entre os outros funcionários e os do Quai des Orfèvres é que estes, de certo modo, estão se equilibrando entre dois mundos.

Pelo vestuário, pela educação, pela filiação e a maneira de viver, em nada se distinguem das outras pessoas da classe média, partilhando seu sonho de uma pequena casa no campo.

Na maior parte do tempo, porém, estão em contato com o lado sórdido, a escória, o refugo, muitas vezes o inimigo da sociedade organizada.

Isto me impressionou com freqüência. É uma situação estranha que não deixa de produzir, às vezes, um mal-estar.

Moro num apartamento burguês, onde me espera o cheiro agradável de uma comida bem preparada, onde tudo é simples, limpo e confortável. De minhas janelas avisto apenas moradias semelhantes à minha, mães que levam os filhos a passear, donas de casa que vão fazer as compras.

Pertenço a esse meio, obviamente, o das chamadas pessoas honestas.

Mas conheço os outros também, conheço-os bastante para que um certo contato tenha se estabelecido entre mim e eles. As moças de programa diante das quais passo, nas *brasseries* da Place de la République, sabem que compreendo a linguagem delas e o sentido de suas atitudes. O vadio que se esgueira na multidão, também. E todos os outros que encontrei, com quem deparo diariamente em sua intimidade mais secreta.

Isso basta para criar uma espécie de vínculo?

Não se trata de escusá-los, de aprová-los ou de absolvê-los. Não se trata tampouco de orná-los de uma espécie de auréola, como foi moda em certa época.

Trata-se de observá-los simplesmente como um fato, de observá-los com o olhar do conhecimento.

Sem curiosidade, porque a curiosidade logo se embota.

Sem ódio, é claro.

Observá-los, em suma, como criaturas que existem e que, para a saúde da sociedade, por cuidado com a ordem estabelecida, devem ser mantidas, queiram ou não, dentro de certos limites, e punidas quando os infringem.

Elas também sabem disso e não nos querem mal! Repetem de bom grado:

– O senhor cumpre seu ofício.

Quanto ao que pensam desse ofício, prefiro não tentar saber.

É surpreendente que, após vinte e cinco, trinta anos de serviço, tenhamos o andar um pouco pesado, o olhar mais pesado ainda, às vezes vazio?

– O senhor não sente nojo às vezes?

Não! Justamente não! E foi provavelmente em minha profissão que adquiri um otimismo bastante sólido.

Parafraseando as palavras do meu professor de catecismo, eu diria de bom grado: um pouco de conhecimento nos afasta do homem, muito conhecimento nos traz de volta a ele*.

É porque vi imundícies de todo tipo que pude darme conta de que eram largamente compensadas por simples coragem, por boa vontade ou resignação.

Os crápulas completos são raros, e a maior parte dos que conheci evoluiu infelizmente fora de meu alcance, de nosso campo de ação.

Quanto aos outros, procurei impedir que causassem danos excessivos e fazer que pagassem pelos que haviam cometido.

No final – não é assim? – as contas se acertam.

Não é preciso falar disso outra vez.

---

* Fórmula de Francis Bacon traduzida por Pascal e popularizada por Louis Pasteur: "Pouca ciência nos afasta de Deus, muita ciência nos aproxima dele." (N.T.)

CAPÍTULO VIII

A Place des Vosges, uma senhorita que vai se casar e os papeizinhos da sra. Maigret.

– Em suma – disse Louise –, não vejo tanta diferença.

Observo-a sempre com um ar um pouco ansioso quando ela lê o que acabo de escrever, procurando responder antecipadamente às objeções que irá me fazer.

– Diferença entre quê?

– Entre o que você conta e o que Simenon escreveu.

– Ah!

– Talvez eu faça mal em dar minha opinião.

– Não, de modo algum!

Mesmo assim, se ela tiver razão, fiz um trabalho inútil. E é bem possível que ela tenha razão, que eu não tenha sabido achar um jeito, apresentar as coisas conforme prometera a mim mesmo.

Ou então a famosa tirada sobre as verdades fabricadas que são mais verdadeiras que as verdades nuas não é apenas um paradoxo.

Fiz o melhor que pude. Só que há uma porção de coisas que me pareciam essenciais no início, pontos que eu prometera desenvolver e que abandonei no caminho.

Por exemplo, numa prateleira da biblioteca estão os volumes de Simenon que pacientemente enchi de marcas a caneta azul, e antecipadamente me dei o prazer de retificar todos os erros que ele cometeu, seja porque não sabia, seja para aumentar o pitoresco, com freqüência porque não tinha a coragem de me telefonar para verificar um detalhe.

De que adiantaria? Isto me faria passar por um sujeito minucioso, e começo a acreditar, eu também, que a coisa não tem tanta importância.

Uma de suas manias que mais me irritou é a de misturar as datas, de colocar no começo de minha carreira inquéritos que ocorreram mais tarde, e vice-versa, de modo que às vezes meus inspetores são muito jovens quando, na época em questão, já eram pais de família e estavam estabelecidos, ou o contrário.

Tive até mesmo a intenção, e confesso agora que renunciei a isso, de estabelecer, graças aos recortes de jornais que minha mulher organizou, uma cronologia dos principais casos nos quais me envolvi.

– Por que não? – respondeu-me Simenon. – Excelente idéia. Poderão corrigir meus livros na próxima edição.

E acrescentou, sem ironia:

– Só que você, meu velho Maigret, terá de ser muito gentil e fazer o trabalho por conta própria, pois nunca tive a coragem de me reler.

Eu disse o que tinha a dizer, em suma, e tanto faz se o disse mal. Meus colegas compreenderão, e todos os que estão mais ou menos ligados à profissão; é principalmente por estes que insisti em passar as coisas a limpo, em falar não tanto de mim quanto da nossa profissão.

Alguma questão importante deve ter me escapado. Ouço minha mulher que abre com precaução a porta da sala de jantar, onde estou trabalhando, e se aproxima na ponta dos pés.

Ela veio pôr um papelzinho sobre a mesa, antes de se retirar assim como havia entrado. Leio, escrito a lápis:

"Place des Vosges."

E não posso deixar de sorrir com uma íntima satisfação, pois isso prova que ela também tem detalhes a retificar, pelo menos um, e, em última instância, pela mesma razão que eu, por fidelidade.

Ela, por fidelidade a nosso apartamento do bulevar Richard-Lenoir, que nunca abandonamos, que conservamos ainda hoje, embora, desde que vivemos no campo, nos sirva apenas alguns dias por ano.

Em vários de seus livros, Simenon nos fazia morar na Place des Vosges, sem dar a menor explicação.

Executo, portanto, o recado de minha mulher. É exato que, durante alguns meses, habitamos na Place des Vosges*. Mas lá não estávamos em nosso lar.

Naquele ano, nosso proprietário finalmente decidira-se a empreender a reforma que o imóvel exigia desde muito tempo. Operários montaram andaimes diante da janela, do lado de fora. Outros, no interior,

---

* Ver *Um suicídio duvidoso.* (N.E.)

puseram-se a abrir paredes e soalho a fim de instalar o aquecimento central. Prometeram-nos que o trabalho duraria três semanas, no máximo. Após duas semanas, os trabalhos não estavam adiantados, e exatamente nesse momento foi deflagrada uma greve operária, greve cuja duração era impossível prever.

Simenon partia para a África, onde haveria de passar cerca de um ano.

– Por que, enquanto esperam o final da reforma, não se instalam em meu apartamento da Place des Vosges?

Foi assim que moramos lá, no número 21, para ser exato, sem que possam nos acusar de infidelidade para com nosso velho e bom bulevar.

Houve uma época também em que ele, sem me avisar, fez-me aposentado, quando eu ainda não era e me restavam a cumprir vários anos de serviço.

Acabávamos de adquirir nossa casa de campo em Meung-sur-Loire* e passávamos todos os domingos disponíveis a arrumá-la. Ele veio nos visitar. A casa o encantou de tal maneira que, no livro seguinte, antecipou os acontecimentos, envelhecendo-me sem o menor pudor e instalando-me ali definitivamente.

– Isso muda um pouco a atmosfera – ele me disse quando lhe falei a respeito. – *Eu estava começando a ficar cansado do Quai des Orfèvres.*

Permitam-me sublinhar essa frase, que considero importante. É *ele*, compreendam, ele que começa-

---

* Ver *Maigret em Nova York* (Coleção L&PM Pocket). (N.E.)

va a ficar cansado do Quai, do *meu* escritório, do trabalho cotidiano na Polícia Judiciária!

O que não o impediu mais tarde, e provavelmente não o impedirá no futuro, de contar investigações mais antigas, sempre sem fornecer datas, dando-me ora sessenta anos, ora quarenta e cinco.

Minha mulher, de novo. Aqui não tenho um escritório, não há necessidade. Quando preciso trabalhar, instalo-me na mesa da sala de jantar, e a Louise só resta permanecer na cozinha, o que não lhe desagrada. Olho para ela, achando que quer me dizer alguma coisa. Mas é um outro papelzinho que tem na mão, que vem timidamente pôr diante de mim.

Desta vez é uma lista, como quando vou à cidade e ela me escreve numa folha arrancada de caderno o que devo trazer.

Meu sobrinho aparece em primeiro lugar, e compreendo o motivo. É o filho de sua irmã. Fiz que entrasse para a polícia, outrora, numa idade em que ele acreditava ter a vocação.

Simenon falou dele, depois o rapaz desapareceu subitamente de seus livros, e adivinho o sentimento de Louise. Ela deve pensar que, para alguns leitores, isso terá parecido um tanto estranho, como se o sobrinho tivesse feito alguma besteira.

A verdade é muito simples. Ele não se mostrou tão brilhante quanto esperava. E não resistiu por muito tempo às insistências do sogro, fabricante de sabão em Marselha, que lhe oferecia um cargo na fábrica.

O nome de Torrence vem a seguir na lista, o gordo Torrence, o espalhafatoso Torrence (creio que em algum livro Simenon o apresentou como morto em lugar de outro inspetor*, este efetivamente morto, a meu lado, num hotel dos Champs-Élysées).

Torrence não tinha sogro fabricante de sabão. Mas tinha um terrível apetite de vida, ao mesmo tempo que um senso dos negócios muito pouco compatível com a existência de um funcionário.

Deixou-nos para fundar uma agência privada de segurança, uma agência muito séria, convém que eu diga, pois nem sempre é o caso. E durante muito tempo continuou vindo ao Quai para nos pedir uma ajuda, uma informação, ou simplesmente respirar um pouco o ar da casa.

Possuía um grande carro americano que estacionava, de tempos em tempos, à nossa porta, cada vez acompanhado de uma bela mulher, sempre diferente, que nos apresentava com a mesma sinceridade como sua noiva.

Leio o terceiro nome, o pequeno Janvier, como sempre o chamamos. Está ainda no Quai. Será que continuam a chamá-lo "o pequeno"?

Em sua última carta ele me anuncia, não sem alguma melancolia, que sua filha irá casar com um engenheiro.

Finalmente Lucas, que, nesta hora, está provavelmente sentado, como de hábito, à minha mesa no escritório, no meu lugar, fumando um dos meus cachimbos que ele pediu, com lágrimas nos olhos, que lhe deixasse como lembrança.

---

* Ver *O assassino sem rosto* (Coleção L&PM Pocket). (N.E.)

Uma última palavra termina a lista. Acreditei primeiro tratar-se de um nome próprio, mas não pude ler.

Acabo de ir até a cozinha, onde me surpreendi de encontrar um sol generoso, pois fechei as venezianas da janela para trabalhar numa penumbra que considero favorável.

– Terminou?

– Não. Há uma palavra que não consigo ler.

Ela ficou muito constrangida.

– Não tem importância.

– Mas o que é?

– Nada. Não dê atenção a isso.

Obviamente, insisti.

– A ameixa! – confessou-me enfim, desviando a cabeça.

Ela sabia que eu daria uma risada, e foi o que fiz.

Quando se tratava do famoso chapéu-coco, do sobretudo com gola de veludo, do aquecedor a carvão e do atiçador de fogo, eu sentia que ela achava infantil minha insistência em retificar.

Mesmo assim ela rasurou de propósito, para ficar ilegível, por uma espécie de vergonha, tenho certeza, a palavra "*prunelle*" no final da lista, um pouco como quando, na lista de compras a fazer na cidade, acrescenta um artigo bem feminino, que só pede que eu compre com algum constrangimento.

Simenon falou de certa garrafa que havia sempre em nosso aparador do bulevar Richard-Lenoir – que há ainda agora, aqui – e trazida por minha cunhada, segundo uma tradição que virou sagrada, sempre que vem da Alsácia em sua viagem anual.

Ele escreveu levianamente que era *prunelle*, aguardente de ameixa.

Ora, é aguardente de framboesa. E, para um alsaciano, parece que faz uma enorme diferença.

– Retifiquei, Louise. Sua irmã ficará contente.

Desta vez deixei a porta da cozinha aberta.

– Nada mais?

– Diz aos Simenon que estou tricotando sapatinhos para...*

– Mas não é uma carta, ora essa!

– É verdade. Mas anote, para quando escrever a eles. E que não esqueçam a foto que prometeram.

Acrescentou:

– Posso pôr a mesa?

É tudo.

Meung-sur-Loire, 27 de setembro de 1950

---

* Em 29 de setembro de 1949 nasceu Jean, primeiro dos três filhos de Georges Simenon e Denyse Ouimet. (N.T.)

Coleção **L&PM** POCKET (LANÇAMENTOS MAIS RECENTES)

86.**O marido complacente** – Sade
87.**De profundis** – Oscar Wilde
88.**Sem plumas** – Woody Allen
89.**Os bruzundangas** – Lima Barreto
90.**O cão dos Baskervilles** – Conan Doyle
91.**Paraísos artificiais** – Charles Baudelaire
92.**Cândido, ou o otimismo** – Voltaire
93.**Triste fim de Policarpo Quaresma** – Lima Barreto
94.**Amor de perdição** – Camilo Castelo Branco
95.**Megera domada** – Shakespeare/Millôr
96.**O mulato** – Aluísio Azevedo
97.**O alienista** – Machado de Assis
98.**O livro dos sonhos** – Jack Kerouac
99.**Noite na taverna** – Álvares de Azevedo
100.**Aura** – Carlos Fuentes
102.**Contos gauchescos e Lendas do sul** – Simões Lopes Neto
103.**O cortiço** – Aluísio Azevedo
104.**Marília de Dirceu** – T. A. Gonzaga
105.**O Primo Basílio** – Eça de Queiroz
106.**O ateneu** – Raul Pompéia
107.**Um escândalo na Boêmia** – Conan Doyle
108.**Contos** – Machado de Assis
109.**200 Sonetos** – Luis Vaz de Camões
110.**O príncipe** – Maquiavel
111.**A escrava Isaura** – Bernardo Guimarães
112.**O solteirão nobre** – Conan Doyle
114.**Shakespeare de A a Z** – W. Shakespeare
115.**A relíquia** – Eça de Queiroz
117.**O livro do corpo** – Vários
118.**Lira dos 20 anos** – Álvares de Azevedo
119.**Esaú e Jacó** – Machado de Assis
120.**A barcarola** – Pablo Neruda
121.**Os conquistadores** – Júlio Verne
122.**Contos breves** – G. Apollinaire
123.**Taipi** – Herman Melville
124.**Livro dos desaforos** – Org. de S. Faraco
125.**A mão e a luva** – Machado de Assis
126.**Doutor Miragem** – Moacyr Scliar
127.**O penitente** – Isaac B. Singer
128.**Diários da descoberta da América** – C.Colombo
129.**Édipo Rei** – Sófocles
130.**Romeu e Julieta** – William Shakespeare
131.**Hollywood** – Charles Bukowski
132.**Billy the Kid** – Pat Garrett
133.**Cuca fundida** – Woody Allen
134.**O jogador** – Dostoiévski
135.**O livro da selva** – Rudyard Kipling
136.**O vale do terror** – Conan Doyle
137.**Dançar tango em Porto Alegre** – S. Faraco
138.**O gaúcho** – Carlos Reverbel
139.**A volta ao mundo em oitenta dias** – J. Verne
140.**O livro dos esnobes** – W. M. Thackeray
141.**Amor & morte em Poodle Springs** – Raymond Chandler & R. Parker
142.**As aventuras de David Balfour** – Stevenson
143.**Alice no país das maravilhas** – Lewis Carroll
144.**A ressurreição** – Machado de Assis
145.**Inimigos, uma história de amor** – I. Singer
146.**O Guarani** – José de Alencar
147.**Cidade e as serras** – Eça de Queiroz
148.**Eu e outras poesias** – Augusto dos Anjos
149.**A mulher de trinta anos** – Balzac
150.**Pomba enamorada** – Lygia F. Telles
151.**Contos fluminenses** – Machado de Assis
152.**Antes de Adão** – Jack London
153.**Intervalo amoroso** – A.Romano de Sant'Anna
154.**Memorial de Aires** – Machado de Assis
155.**Naufrágios e comentários** – Cabeza de Vaca
156.**Ubirajara** – José de Alencar
157.**Textos anarquistas** – Bakunin
158.**O pirotécnico Zacarias** – Murilo Rubião
159.**Amor de salvação** – Camilo Castelo Branco
160.**O gaúcho** – José de Alencar
161.**O Livro das maravilhas** – Marco Polo
162.**Inocência** – Visconde de Taunay
163.**Helena** – Machado de Assis
164.**Uma estação de amor** – Horácio Quiroga
165.**Poesia reunida** – Martha Medeiros
166.**Memórias de Sherlock Holmes** – Conan Doyle
167.**A vida de Mozart** – Stendhal
168.**O primeiro terço** – Neal Cassady
169.**O mandarim** – Eça de Queiroz
170.**Um espinho de marfim** – Marina Colasanti
171.**A ilustre Casa de Ramires** – Eça de Queiroz
172.**Lucíola** – José de Alencar
173.**Antígona** – Sófocles – trad. Donaldo Schüler
174.**Otelo** – William Shakespeare
175.**Antologia** – Gregório de Matos
176.**A liberdade de imprensa** – Karl Marx
177.**Casa de pensão** – Aluísio Azevedo
178.**São Manuel Bueno, Mártir** – Unamuno
179.**Primaveras** – Casimiro de Abreu
180.**O noviço** – Martins Pena
181.**O sertanejo** – José de Alencar
182.**Eurico, o presbítero** – Alexandre Herculano
183.**O signo dos quatro** – Conan Doyle
184.**Sete anos no Tibet** – Heinrich Harrer
185.**Vagamundo** – Eduardo Galeano
186.**De repente acidentes** – Carl Solomon
187.**As minas de Salomão** – Rider Haggar
188.**Uivo** – Allen Ginsberg
189.**A ciclista solitária** – Conan Doyle
190.**Os seis bustos de Napoleão** – Conan Doyle
191.**Cortejo do divino** – Nelida Piñon
192.**Cassino Royale** – Ian Fleming
193.**Viva e deixe morrer** – Ian Fleming
194.**Os crimes do amor** – Marques de Sade
195.**Besame Mucho** – Mário Prata
196.**Tuareg** – Alberto Vázquez-Figueroa
197.**O longo adeus** – Raymond Chandler
198.**Os diamantes são eternos** – Ian Fleming
199.**Notas de um velho safado** – C. Bukowski
200.**111 ais** – Dalton Trevisan

201.**O nariz** – Nicolai Gogol
202.**O capote** – Nicolai Gogol
203.**Macbeth** – William Shakespeare
204.**Heráclito** – Donaldo Schüler
205.**Você deve desistir, Osvaldo** – Cyro Martins
206.**Memórias de Garibaldi** – A. Dumas
207.**A arte da guerra** – Sun Tzu
208.**Fragmentos** – Caio Fernando Abreu
209.**Festa no castelo** – Moacyr Scliar
210.**O grande deflorador** – Dalton Trevisan
211.**Corto Maltese na Etiópia** – Hugo Pratt
212.**Homem do princípio ao fim** – Millôr Fernandes
213.**Aline e seus dois namorados** – A. Iturrusgarai
214.**A juba do leão** – Sir Arthur Conan Doyle
215.**Assassino metido a esperto** – R. Chandler
216.**Confissões de um comedor de ópio** – T.De Quincey
217.**Os sofrimentos do jovem Werther** – Goethe
218.**Fedra** – Racine – Trad. Millôr Fernandes
219.**O vampiro de Sussex** – Conan Doyle
220.**Sonho de uma noite de verão** – Shakespeare
221.**Dias e noites de amor e de guerra** – Galeano
222.**O Profeta** – Khalil Gibran
223.**Flávia, cabeça, tronco e membros** – M. Fernandes
224.**Guia da ópera** – Jeanne Suhamy
225.**Macário** – Álvares de Azevedo
226.**Etiqueta na Prática** – Celia Ribeiro
227.**Manifesto do partido comunista** – Marx & Engels
228.**Poemas** – Millôr Fernandes
229.**Um inimigo do povo** – Henrik Ibsen
230.**O paraíso destruído** – Frei B. de las Casas
231.**O gato no escuro** – Josué Guimarães
232.**O mágico de Oz** – L. Frank Baum
233.**Armas no Cyrano's** – Raymond Chandler
234.**Max e os felinos** – Moacyr Scliar
235.**Nos céus de Paris** – Alcy Cheuiche
236.**Os bandoleiros** – Schiller
237.**A primeira coisa que eu botei na boca** – Deonísio da Silva
238.**As aventuras de Simbad, o marújo**
239.**O retrato de Dorian Gray** – Oscar Wilde
240.**A carteira de meu tio** – J. Manuel de Macedo
241.**A luneta mágica** – J. Manuel de Macedo
242.**A metamorfose** – Kafka
243.**A flecha de ouro** – Joseph Conrad
244.**A ilha do tesouro** – R. L. Stevenson
245.**Marx - Vida & Obra** – José A. Giannotti
246.**Gênesis**
247.**Unidos para sempre** – Ruth Rendell
248.**A arte de amar** – Ovídio
249.**O sono eterno** – Raymond Chandler
250.**Novas receitas do Anonymus Gourmet** – J.A.P.M.
251.**A nova catacumba** – Conan Doyle
252.**O Dr. Negro** – Sir Arthur Conan Doyle
253.**Os voluntários** – Moacyr Scliar
254.**A bela adormecida** – Irmãos Grimm
255.**O príncipe sapo** – Irmãos Grimm
256.**Confissões** *e* **Memórias** – H. Heine
257.**Viva o Alegrete** – Sergio Faraco
258.**Vou estar esperando** – R. Chandler
259.**A senhora Beate e seu filho** – Schnitzler
260.**O ovo apunhalado** – Caio Fernando Abreu
261.**O ciclo das águas** – Moacyr Scliar
262.**Millôr Definitivo** – Millôr Fernandes
264.**Viagem ao centro da terra** – Júlio Verne
265.**A dama do lago** – Raymond Chandler
266.**Caninos brancos** – Jack London
267.**O médico e o monstro** – R. L. Stevenson
268.**A tempestade** – William Shakespeare
269.**Assassinatos na rua Morgue** – E. Allan Poe
270.**99 corruíras nanicas** – Dalton Trevisan
271.**Broquéis** – Cruz e Sousa
272.**Mês de cães danados** – Moacyr Scliar
273.**Anarquistas – vol. 1 – A idéia** – G. Woodcock
274.**Anarquistas – vol. 2 – O movimento** – G.Woodcock
275.**Pai e filho, filho e pai** – Moacyr Scliar
276.**As aventuras de Tom Sawyer** – Mark Twain
277.**Muito barulho por nada** – W. Shakespeare
278.**Elogio à Loucura** – Erasmo
279.**Autobiografia de Alice B. Toklas** – G. Stein
280.**O chamado da floresta** – J. London
281.**Uma agulha para o diabo** – Ruth Rendell
282.**Verdes vales do fim do mundo** – A. Bivar
283.**Ovelhas negras** – Caio Fernando Abreu
284.**O fantasma de Canterville** – O. Wilde
285.**Receitas de Yayá Ribeiro** – Celia Ribeiro
286.**A galinha degolada** – H. Quiroga
287.**O último adeus de Sherlock Holmes** – A. Conan Doyle
288.**A. Gourmet** *em* **Histórias de cama & mesa** – J. A. Pinheiro Machado
289.**Topless** – Martha Medeiros
290.**Mais receitas do Anonymus Gourmet** – J. A. Pinheiro Machado
291.**Origens do discurso democrático** – D. Schüler
292.**Humor politicamente incorreto** – Nani
293.**O teatro do bem e do mal** – E. Galeano
294.**Garibaldi & Manoela** – J. Guimarães
295.**10 dias que abalaram o mundo** – John Reed
296.**Numa fria** – Charles Bukowski
297.**Poesia de Florbela Espanca** vol. 1
298.**Poesia de Florbela Espanca** vol. 2
299.**Escreva certo** – É. Oliveira e M. E. Bernd
300.**O vermelho e o negro** – Stendhal
301.**Ecce homo** – Friedrich Nietzsche
302.**Comer bem, sem culpa** – Dr. Fernando Lucchese, A. Gourmet e Iotti
303.**O livro de Cesário Verde** – Cesário Verde
304.**O reino das cebolas** – C. Moscovich
305.**100 receitas de macarrão** – S. Lancellotti
306.**160 receitas de molhos** – S. Lancellotti
307.**100 receitas light** – H. e Â. Tonetto
308.**100 receitas de sobremesas** – Celia Ribeiro
309.**Mais de 100 dicas de churrasco** – Leon Diziekaniak
310.**100 receitas de acompanhamentos** – C. Cabeda
311.**Honra ou vendetta** – S. Lancellotti
312.**A alma do homem sob o socialismo** – O. Wilde
313.**Tudo sobre Yôga** – Mestre De Rose
314.**Os varões assinalados** – Tabajara Ruas
315.**Édipo em Colono** – Sófocles

316.**Lisístrata** – Aristófanes/ trad. Millôr
317.**Sonhos de Bunker Hill** – John Fante
318.**Os deuses de Raquel** – Moacyr Scliar
319.**O colosso de Marússia** – Henry Miller
320.**As eruditas** – Molière/ trad. Millôr
321.**Radicci 1** – Iotti
322.**Os Sete contra Tebas** – Ésquilo
323.**Brasil Terra à Vista** – Eduardo Bueno
324.**Radicci 2** – Iotti
325.**Júlio César** – William Shakespeare
326.**A carta de Pero Vaz de Caminha**
327.**Cozinha Clássica** – Sílvio Lancellotti
328.**Madame Bovary** – Gustave Flaubert
329.**Dicionário do viajante insólito** – M. Scliar
330.**O capitão saiu para o almoço...** – Bukowski
331.**A carta roubada** – Edgar Allan Poe
332.**É tarde para saber** – Josué Guimarães
333.**O livro de bolso da Astrologia** – Maggy Harrissonx e Mellina Li
334.**1933 foi um ano ruim** – John Fante
335.**100 receitas de arroz** – Aninha Comas
336.**Guia prático do Português correto – vol. 1** – Cláudio Moreno
337.**Bartleby, o escriturário** – H. Melville
338.**Enterrem meu coração na curva do rio** – Dee Brown
339.**Um conto de Natal** – Charles Dickens
340.**Cozinha sem segredos** – J. A. P. Machado
341.**A dama das Camélias** – A. Dumas Filho
342.**Alimentação saudável** – H. e Â. Tonetto
343.**Continhos galantes** – Dalton Trevisan
344.**A Divina Comédia** – Dante Alighieri
345.**A Dupla Sertanojo** – Santiago
346.**Cavalos do amanhecer** – Mario Arregui
347.**Biografia de Vincent van Gogh por sua cunhada** – Jo van Gogh-Bonger
348.**Radicci 3** – Iotti
349.**Nada de novo no front** – E. M. Remarque
350.**A hora dos assassinos** – Henry Miller
351.**Flush - Memórias de um cão** – Virginia Woolf
352.**A guerra no Bom Fim** – M. Scliar
353(1).**O caso Saint-Fiacre** – Simenon
354(2).**Morte na alta sociedade** – Simenon
355(3).**O cão amarelo** – Simenon
356(4).**Maigret e o homem do banco** – Simenon
357.**As uvas e o vento** – Pablo Neruda
358.**On the road** – Jack Kerouac
359.**O coração amarelo** – Pablo Neruda
360.**Livro das perguntas** – Pablo Neruda
361.**Noite de Reis** – William Shakespeare
362.**Manual de Ecologia** – vol.1 – J. Lutzenberger
363.**O mais longo dos dias** – Cornelius Ryan
364.**Foi bom prá você?** – Nani
365.**Crepusculário** – Pablo Neruda
366.**A comédia dos erros** – Shakespeare
367(5).**A primeira investigação de Maigret** – Simenon
368(6).**As férias de Maigret** – Simenon
369.**Mate-me por favor (vol.1)** – L. McNeil
370.**Mate-me por favor (vol.2)** – L. McNeil
371.**Carta ao pai** – Kafka
372.**Os Vagabundos iluminados** – J. Kerouac
373(7).**O enforcado** – Simenon
374(8).**A fúria de Maigret** – Simenon
375.**Vargas, uma biografia política** – H. Silva
376.**Poesia reunida (vol.1)** – A. R. de Sant'Anna
377.**Poesia reunida (vol.2)** – A. R. de Sant'Anna
378.**Alice no país do espelho** – Lewis Carroll
379.**Residência na Terra 1** – Pablo Neruda
380.**Residência na Terra 2** – Pablo Neruda
381.**Terceira Residência** – Pablo Neruda
382.**O delírio amoroso** – Bocage
383.**Futebol ao sol e à sombra** – E. Galeano
384(9).**O porto das brumas** – Simenon
385(10).**Maigret e seu morto** – Simenon
386.**Radicci 4** – Iotti
387.**Boas maneiras & sucesso nos negócios** – Celia Ribeiro
388.**Uma história Farroupilha** – M. Scliar
389.**Na mesa ninguém envelhece** – J. A. P. Machado
390.**200 receitas inéditas do Anonymus Gourmet** – J. A. Pinheiro Machado
391.**Guia prático do Português correto – vol.2** – Cláudio Moreno
392.**Breviário das terras do Brasil** – Luis A.de Assis Brasil
393.**Cantos Cerimoniais** – Pablo Neruda
394.**Jardim de Inverno** – Pablo Neruda
395.**Antonio e Cleópatra** – William Shakespeare
396.**Tróia** – Cláudio Moreno
397.**Meu tio matou um cara** – Jorge Furtado
398.**O anatomista** – Federico Andahazi
399.**As viagens de Gulliver** – Jonathan Swift
400.**Dom Quixote – v.1** – Miguel de Cervantes
401.**Dom Quixote – v.2** – Miguel de Cervantes
402.**Sozinho no Pólo Norte** – Thomas Brandolin
403.**Matadouro Cinco** – Kurt Vonnegut
404.**Delta de Vênus** – Anaïs Nin
405.**Hagar 2** – Dick Browne
406.**É grave Doutor?** – Nani
407.**Orai pornô** – Nani
408(11).**Maigret em Nova York** – Simenon
409(12).**O assassino sem rosto** – Simenon
410(13).**O mistério das jóias roubadas** – Simenon
411.**A irmãzinha** – Raymond Chandler
412.**Três contos** – Gustave Flaubert
413.**De ratos e homens** – John Steinbeck
414.**Lazarilho de Tormes**
415.**Triângulo das águas** – Caio Fernando Abreu
416.**100 receitas de carnes** – Sílvio Lancellotti
417.**Histórias de robôs: volume 1** – Isaac Asimov
418.**Histórias de robôs: volume 2** – Isaac Asimov
419.**Histórias de robôs: volume 3** – Isaac Asimov
420.**O país dos centauros** – Tabajara Ruas
421.**A república de Anita** – Tabajara Ruas
422.**A carga dos lanceiros** – Tabajara Ruas
423.**Um amigo de Kafka** – Isaac Singer
424.**As alegres matronas de Windsor** – Shakespeare
425.**Amor e exílio** – Isaac Bashevis Singer
426.**Use & abuse do seu signo** – Marília Fiorillo e Marylou Simonsen
427.**Pigmaleão** – Bernard Shaw
428.**As fenícias** – Eurípides

429.**Everest** – Thomaz Brandolin
430.**A arte de furtar** – Anônimo do séc. XVI
431.**Billy Bud** – Herman Melville
432.**A rosa separada** – Pablo Neruda
433.**Elegia** – Pablo Neruda
434.**A garota de Cassidy** – David Goodis
435.**Como fazer a guerra: máximas de Napoleão**
436.**Poemas de Emily Dickinson**
437.**Gracias por el fuego** – Mario Benedetti
438.**O sofá** – Crébillon Fils
439.**O "Martín Fierro"** – Jorge Luis Borges
440.**Trabalhos de amor perdidos** – W. Shakespeare
441.**O melhor de Hagar 3** – Dik Browne
442.**Os Maias (volume1)** – Eça de Queiroz
443.**Os Maias (volume2)** – Eça de Queiroz
444.**Anti-Justine** – Restif de La Bretonne
445.**Juventude** – Joseph Conrad
446.**Singularidades de uma rapariga loura** – Eça de Queiroz
447.**Janela para a morte** – Raymond Chandler
448.**Um amor de Swann** – Marcel Proust
449.**À paz perpétua** – Immanuel Kant
450.**A conquista do México** – Hernan Cortez
451.**Defeitos escolhidos e 2000** – Pablo Neruda
452.**O casamento do céu e do inferno** – William Blake
453.**A primeira viagem ao redor do mundo** – Antonio Pigafetta
454(14).**Uma sombra na janela** – Simenon
455(15).**A noite da encruzilhada** – Simenon
456(16).**A velha senhora** – Simenon
457.**Sartre** – Annie Cohen-Solal
458.**Discurso do método** – René Descartes
459.**Garfield em grande forma** – Jim Davis
460.**Garfield está de dieta** – Jim Davis
461.**O livro das feras** – Patricia Highsmith
462.**Viajante solitário** – Jack Kerouac
463.**Auto da barca do inferno** – Gil Vicente
464.**O livro vermelho dos pensamentos de Millôr** – Millôr Fernandes
465.**O livro dos abraços** – Eduardo Galeano
466.**Voltaremos!** – José Antonio Pinheiro Machado
467.**Rango** – Edgar Vasques
468.**Dieta Mediterrânea** – Dr. Fernando Lucchese e José Antonio Pinheiro Machado
469.**Radicci 5** – Iotti
470.**Pequenos pássaros** – Anaïs Nin
471.**Guia prático do Portugês correto – vol.3** – Cláudio Moreno
472.**Atire no Pianista** – David Goodis
473.**Antologia Poética** – García Lorca
474.**Alexandre e César** – Plutarco
475.**Uma espiã na casa do amor** – Anaïs Nin
476.**A gorda do Tiki Bar** – Dalton Trevisan
477.**Garfield um gato de peso** – Jim Davis
478.**Canibais** – David Coimbra
479.**A arte de escrever** – Arthur Schopenhauer
480.**Pinóquio** – Carlo Collodi
481.**Misto-quente** – Charles Bukowski
482.**A lua na sarjeta** – David Goodis
483.**Recruta Zero** – Mort Walker
484.**Aline 2: TPM – tensão pré-monstrual** – Adão Iturrusgarai
485.**Sermões do Padre Antonio Vieira**
486.**Garfield numa boa** – Jim Davis
487.**Mensagem** – Fernando Pessoa
488.**Vendeta *seguido* de A paz conjugal** – Balzac
489.**Poemas de Alberto Caeiro** – Fernando Pessoa
490.**Ferragus** – Honoré de Balzac
491.**A duquesa de Langeais** – Honoré de Balzac
492.**A menina dos olhos de ouro** – Honoré de Balzac
493.**O lírio do vale** – Honoré de Balzac
494(17).**A barcaça da morte** – Simenon
495(18).**As testemunhas rebeldes** – Simenon
496(19).**Um engano de Maigret** – Simenon
497.**A noite das bruxas** – Agatha Christie
498.**Um passe de mágica** – Agatha Christie
499.**Nêmesis** – Agatha Christie
500.**Esboço de uma teoria das emoções** – Jean-Paul Sartre
501.**Renda básica da cidadania** – Eduardo Suplicy
502(1).**Pílulas para viver melhor** – Dr. Lucchese
503(2).**Pílulas para prolongar a juventude** – Dr. Lucchese
504(3).**Desembarcando o Diabetes** – Dr. Lucchese
505(4).**Desembarcando o Sedentarismo** – Dr. Fernando Lucchese e Cláudio Castro
506(5).**Desembarcando a Hipertensão** – Dr. Lucchese
507(6).**Desembarcando o Colesterol** – Dr. Fernando Lucchese e Fernanda Lucchese
508.**Estudos de mulher** – Balzac
509.**O terceiro tira** – Flann O'Brien
510.**100 receitas de aves e ovos** – José Antonio Pinheiro Machado
511.**Garfield em Toneladas de diversão** – Jim Davis
512.**Trem-bala** – Martha Medeiros
513.**Os cães ladram** – Truman Capote
514.**O Kama Sutra de Vatsyayana**
515.**O crime do Padre Amaro** – Eça de Queiroz
516.**Odes de Ricardo Reis** – Fernando Pessoa
517.**O inverno da nossa desesperança** – Steinbeck
518.**Os piratas do Tietê** – Laerte
519.**Rê Bordosa: Do começo ao fim** – Angeli
520.**O Harlem é escuro** – Chester Himes
521.**Café-da-manhã dos campeões** – Kurt Vonnegut
522.**Eugénie Grandet** – Balzac
523.**O último magnata** – Scott Fitzgerald
524.**Carol** – Patricia Highsmith
525.**100 receitas de patisseria** – Sílvio Lacellotti
526.**O fator humano** – Graham Greene
527.**Tristessa** – Jack Kerouac
528.**O diamante do tamanho do Ritz** – S. Fitzgerald
529.**As melhores histórias de Sherlock Holmes** – Arthur Conan Doyle
530.**Cartas a um jovem poeta** – Rilke
531.**Memórias de Maigret** – Simenon
532.**O misterioso sr. Quin** – Agatha Christie
533.**Os analectos** – Confúcio
534(21).**Maigret e os homens de bem** – Simenon
535(22).**O medo de Maigret** – Simenon
536.**Ascenção e queda de César Biroteau** – Balzac
537.**Sexta-feira negra** – David Goodis